W0364156

DUMONT NOIR

Die Originalausgabe erschien 1977 unter dem Titel
The Judas Pair *bei Collins, London*

Neuauflage der Ausgabe im Scherz Verlag (1980)

Erste Auflage 1999

Umschlag- und Reihengestaltung: Groothuis+Malsy
Gesetzt aus der Elzevir und der Antique Olive
Gedruckt auf säurefreiem und chlorfrei gebleichtem Papier
Satz: Greiner & Reichel, Köln
Druck und Verarbeitung: Clausen & Bosse, Leck

Printed in Germany
ISBN 3-7701-4852-5

Jonathan Gash

Lovejoys Duell

Band 1 der Lovejoy-Serie

DuMont Noir 3

Mit einem Nachwort
von Martin Compart

Aus dem Englischen übersetzt
von Margitta de Hervas

1

Ich war gerade im Paradies, als das Telefon klingelte. Ich wußte schon, daß es Tinker Dill sein würde, und so schob ich sie schnell ins Bad, drehte alle Wasserhähne auf und schaltete das Radio ein, damit sie kein Wort verstehen konnte.

»Was ist denn das für ein Krach?« schrie Tinker durchs Telefon. Er schien ziemlich angetrunken, wie gewöhnlich.

»Du hast wieder einmal gestört, Tinker«, sagte ich mürrisch.

»Woher soll ich wissen, daß du mit deiner Freundin im Bett liegst?« erwiderte er gekränkt.

Die einzige intakte Schallplatte, die es im *White Hart* gab – von dort rief er an –, übertönte in ungeheurer Lautstärke das Stimmengewirr im Hintergrund.

»Was ist?«

»Ich hab jemanden für dich«, sagte er.

Ich war ganz Ohr. Kennen Sie dieses Prickeln, das durch sexuelle Erwartungen ausgelöst wird? Wenn Sie es sich tausendfach verstärkt vorstellen, haben Sie eine schwache Ahnung von der fiebernden Erregung eines Antiquitätenhändlers, der einen Kunden wittert; sie läßt ihn alles vergessen, Erziehung, gesunden Menschenverstand, Vernunft – oh, und das Gesetz. Ich hätte beinahe versäumt, es zu erwähnen. Zwei Tage lang hatte mich nur Sheila interessiert (war es überhaupt Sheila, oder war das letzten Donnerstag gewesen? Ich konnte mich nicht erinnern), und jetzt zitterte ich wie ein Pferd vor seinem ersten Rennen, nur weil einer meiner Kundenfänger etwas für mich aufgetan hatte.

In unserer Branche hat jeder ein paar Leute, die ihm Informationen zutragen. Ich habe, je nachdem, wie reich ich mir gerade vorkomme, drei oder vier solcher auf Provisionsbasis arbeitenden Mittelsmänner. Tinker war der beste. Nicht weil er viel getaugt hätte, sondern weil er loyal war. Und er war loyal, weil er jedes Geschäft danach beurteilte, was dabei an Whisky, Gin oder Rum für ihn abfiel.

»Will er kaufen oder verkaufen?« fragte ich lässig. Zwanzig Jahre bin ich schon im Antiquitätenhandel, und ich bekomme immer noch feuchte Hände bei derartigen Anrufen.

»Kaufen. Und es geht um höhere Beträge.«

»Hältst du mich zum besten, Tinker?« Diese dumme Gans hämmerte gegen die Badezimmertür.

»Es ist die reine Wahrheit, Lovejoy«, sagte er. Tja, ich heiße nun mal so. Immerhin vergißt man die Lovejoy-Antiquitäten AG nicht so leicht. Das »AG« war pure Erfindung. Es klingt nach Dollars und bedeutenden amerikanischen Firmen, die dem genialen Antiquitätenexperten Lovejoy finanzielle Beteiligungen angetragen hatten.

»Hast du genug Münzen fürs Telefon?« fragte ich. »Wie? Ja, natürlich!«

»Dann bleib dran.« Ich legte den Hörer hin, ging hinüber und schloß die Badezimmertür auf. »Was zum Teufel soll das ...« stieß sie zornig hervor und versuchte, sich an mir vorbeizuzwängen. Ich stieß sie zurück, und sie landete auf dem Klo. »Paß gut auf!« sagte ich. »Du wirst jetzt still sein, ganz still. Kapiert, Herzchen?« Sie reagierte auf den ungeheuerlichen Vorfall mit einem fassungslosen, gläsernen Blick. Ich kniff sie in die Wange. »Na, was ist? Hast du verstanden?«

»Ja«, hauchte sie mühsam.

»Ich habe ein Geschäft in Aussicht. Halt die Klappe und hör zu, wie mein schönes heißes Wasser verschwendet wird.« Ich knallte die Tür zu, sperrte wieder ab und kehrte zum Telefon zurück.

»Du meinst also, es handelt sich um eine große Sache«, sagte ich. »Wie groß?«

»Ein S und vier D«, antwortete Tinker mit unsicherer Stimme. »Ehrenwort, Lovejoy.«

»Gibt es so etwas überhaupt noch?«

»Der Mann ist hier im *White Hart* ...«

Ich konnte das nicht so schnell verarbeiten. Schließlich bin ich ja kein Computer, wenn ich auch ein hervorragendes Gedächtnis besitze. Das und eine eingebaute Klingel, die läutet, sobald es im Umkreis von dreißig Metern eine echte Antiquität gibt, und die immer schriller wird, je näher ich herankomme. Sie hat sich noch nie geirrt. Verstehen Sie mich nicht falsch, – ich habe auch schon mal Plunder verkauft. Und Lügen gehen mir leicht über die Lippen. Eine kleine Halbwahrheit hier und da richtet keinen Schaden an. Schließlich verdiene ich mir meinen Lebensunterhalt in der Hauptsache mit der Habgier. Nicht mit *meiner* Habgier – mit *Ihrer* Habgier, mit jedermanns Habgier. Ich werde es Ihnen erklären.

Nehmen wir einmal an, Sie sitzen ganz gemütlich zu Hause in Ihrem alten Schaukelstuhl. Da kommt ein Fremder herein. Er hat von Ihrem alten Schaukelstuhl gehört. Könnte es sein, keucht er, daß es jener Schaukelstuhl ist, den Lord Nelson auf seinem Flaggschiff, der *Golden Hind*, benutzt hat? Du lieber Himmel, schreit er, während seine Augen ekstatisch darauf haften. Er ist es!

Erstaunt legen Sie Ihre Pfeife hin. Was geht hier vor? fragen Sie. Und wer zum Teufel der Eindringling sei. Und was er da rede. Und – nehmen Sie sofort die Hände weg von meinem alten Schaukelstuhl!

Haben Sie mir bis hierhin folgen können?

Mit Ihrer Entrüstung konfrontiert, schaut Ihnen der Fremde offen und vertrauensvoll in die Augen. Ich habe mein ganzes Leben danach gesucht. Wonach? fragen Sie mißtrauisch. Und hier ist er nun. Ein Prachtstück. Endlich habe ich ihn gefunden.

Verstehen Sie, was ich sagen will? Daß in jedem Menschen eine gewisse Unredlichkeit steckt. In mir. Und in Ihnen. Nein? Doch! Lesen Sie weiter.

Wenn ich mich auf Sie verlassen könnte, würde ich Ihnen gestatten, die Geschichte selbst zu vervollständigen und zu schildern, wie Sie dem Fremden lächelnd erklären würden, daß der Stuhl von dem Sohn Ihres Vetters Harry in der Abendschule angefertigt worden ist und daß außerdem Nelson der letzte war, der einen Schaukelstuhl gebraucht hätte. Aber diese Version würde den wirklichen Verlauf der Dinge entstellen. Warum? Weil der Fremde in diesem Moment nach seiner Brieftasche greift und das magische Wort ausspricht: Wieviel?

Wie endet die Geschichte nun wirklich? Ich werde es Ihnen sagen. Sie springen von Ihrem – nein, von Lord Nelsons – Schaukelstuhl auf, holen den australischen Sherry heraus, der noch von Weihnachten übrig ist, und flechten in Ihren Trinkspruch ein, daß Sie der letzte lebende Nachkomme des Seehelden sind. Und es gelingt Ihnen, Ihre arme, unschuldige kleine Tochter zum Schweigen zu bringen, die von ihrem Geschichtsbuch aufschaut und erklären möchte, daß Nelson für die *Golden Hind* ein paar Jahrhunderte zu spät zur Welt kam. Sie scheuchen sie ins Bett, damit sie nicht sieht, wie ihr ehrlicher alter Papa diesen Trottel um jedes Pfund erleichtert, das er aus ihm herausholen kann.

Überzeugt? Nein? Warum haben Sie dann an den alten Stuhl auf Ihrem Speicher gedacht?

Jeder hat eine besondere Gabe. Man muß nur herausfinden, was für eine man hat. Ich hatte einen Freund, der sich sehr gut mit Pferden auskannte. Einmal erledigten wir in der Nähe eines Rennstalles etwas und blieben stehen, um zuzuschauen, wie die Gäule trainiert wurden. »Ich setze auf den großen«, sagte ich gelangweilt. »Und ich auf den komischen kleinen«, erwiderte er, und tatsächlich ließ dieses Pferd alle anderen hinter sich. Es hieß Arkle und war ein richtiger Champion, wie wir erfuhren. Sehen Sie, was ich meine? Ich fand dieses unansehnliche, plump wirkende Vieh abscheulich. Mein Freund erkannte sofort, daß es das beste Pferd war. Andererseits wäre ein Gemälde von Turner, bei dem jeder Quadratzentimeter Leinwand die Genialität seines Schöpfers in die Welt hinausschreit, für ihn ein widerliches Geschmiere aus ineinandergelaufenen Farben, während ich nur einen Omnibus mit dem Schild *»Tate Gallery«* zu sehen brauche, und schon läutet meine Klingel wie verrückt. Wie gesagt, eine Gabe.

Einmal kaufte ich eine schmutzige alte Monstrosität für zehn Pfund. Jeder hielt sie für ein kleines Puppenhaus mit aufgeklebten runden Fenstern, an dessen Rückseite aus unerfindlichen Gründen ein schräg abfallendes, abgebrochenes Stück Blech befestigt war. Meine Kollegen im Auktionslokal brachten ironische Hochrufe auf mich aus, die mein Gesicht feuerrot anlaufen ließen. Aber meine Klingel schrillte. Am Ende stellte sich heraus, daß es sich bei meiner Erwerbung um die einzige echte Congreve-Uhr handelte, die seit Menschengedenken in der Öffentlichkeit zu sehen gewesen war; einer Uhr, bei der eine kleine Kugel in einer Rinne nach unten rollte und eine Feder betätigte; konstruiert vor fast zweihundert Jahren von dem großen Erfinder Sir William Congreve.

Verlaßt euch auf eure Klingeln, Leute. Sie sagen die Wahrheit.

Wo war ich?

Ach so – Tinker Dill. Ein S und vier Ds, und er hatte ziemlich durchgedreht gewirkt. Zehntausend.

Wir benutzen Codes – alle sehr simpler Art. Einer der wichtigsten basiert auf einer Buchstaben-Zahlen-Transposition. Jeder Code hat ein Schlüsselwort – zum Beispiel Sutherland. Wie Sie sehen, besteht es aus zehn Buchstaben. Statt S setzt man die Zahl eins ein, statt U die Zahl zwei und so weiter. Der letzte Buchstabe, D, steht für Null. Es gibt mehrere Zahlencodes, wie man schnell herausfindet, wenn man sich in Antiquitätengeschäften umschaut. Häufig benutzt man auch den Buchstaben X für die Null und zugleich als Zeichen für Pfund. Im übrigen gibt der verschlüsselte Preis auf den Etiketten oft die Summe an, die der Händler beim Kauf gezahlt hat, und natürlich wird er etwa fünfzig Prozent draufschlagen oder auch mehr, wenn Sie wie ein leichtgläubiger Trottel aussehen. Bei Antiquitäten zahlt man für den äußeren Schein – den Ihren, den der Antiquitäten und den des Pelzmantels der Frau des Antiquitätenhändlers. Deshalb rate ich Ihnen: Handeln Sie! Zahlen Sie nie den angegebenen Preis, auch nicht, wenn man Ihnen sofort einen Preisnachlaß anbietet. Lassen Sie sich Zeit, runzeln Sie zweifelnd die Stirn, und feilschen Sie – höflich und gesittet. »Tinker, jetzt hör mal ...«

»Ich weiß, was du sagen willst, Lovejoy. Daß die Geschäfte schlecht gehen, daß keine Gewinne mehr drin sind, daß kaum mehr etwas Vernünftiges aufzutreiben ist ...«

»Wer hat heutzutage noch zehntausend?« unterbrach ich ihn. »Er hat sie. Und es ist eine tolle Chance für dich.«

»Wie ist er denn an dich geraten?«

»Er war auf der Suche nach Leuten aus der Branche, und irgend jemand erzählte ihm, daß das hier unsere Stammkneipe ist. Er war zuvor in verschiedenen Pubs in der Lane und auf dem Belly.«

Petticoat Lane und Portobello Road – die Londoner Straßenmärkte. Daß sich jemand nach vertrauensvollen Händlern erkundigte – und ich bin der vertrauenswürdigste von allen, Ehrenwort – war nur vernünftig.

»Hat er dich als ersten angesprochen?«

»Nein«, antwortete Tinker eifrig. Es war offenkundig, daß er sehr stolz auf sich war. »Ich stand an der Bar und hörte, wie er Ted fragte, ob irgendwelche Antiquitätenhändler da wären ...« Ted ist der Barmann. »Und da hab ich mich gleich vorgestellt.«

»Das hast du gut gemacht, Tinker.«

»Ich sagte ihm, daß ich für dich arbeite. Er will dich sehen. Er hat sich deinen Namen notiert«

»Es wird doch kein Steuerfahnder sein?« meinte ich ein wenig beunruhigt. »Meine Buchführung läßt zu wünschen übrig.«

»Nein, nein, bestimmt nicht.«

»Was sucht er?

»Steinschloßwaffen«, verkündete Tinker fröhlich.

»Wenn das nur so eine Schnapsidee von dir ist ...« drohte ich. »Ich bin stocknüchtern«, tönte es aus dem Telefon. Den Tag würde man im Kalender ankreuzen können, dachte ich. In zwanzig Jahren hatte ich Tinker Dill noch nie ohne Schlagseite gesehen. »Sprich selbst mit ihm, ich halt ihn hier fest.«

»Na gut.« Immerhin war es eine Chance. »Laß ihn nicht aus den Augen, Tinker. Hörst du einen Wagen kommen?«

Er stutzte eine Sekunde lang. »Ja. Es fährt gerade einer auf den Parkplatz«, antwortete er erstaunt. »Warum?«

»Das bin ich«, sagte ich und hängte grinsend ein.

Zu meiner Überraschung lief im Bad das Wasser, und die Tür war abgeschlossen. Ich öffnete und sah mich einem schmollenden, von Dampfschwaden umgebenen blonden Mädchen gegenüber.

»Was um alles in der Welt ...« begann ich, denn ich hatte sie völlig vergessen.

»Du Schwein«, sagte sie.

»Ach, jetzt erinnere ich mich.« Sie hatte Spektakel gemacht, als ich telefonierte. »Du bist Sheila.«

»Du mieses Schwein!«

»Es tut mir leid«, eröffnete ich ihr, »aber ich muß noch etwas erledigen. Kann ich dich irgendwo absetzen?«

»Das hast du bereits getan«, fauchte sie, schoß aus der Badewanne und begann, ihre Sachen zusammenzusuchen.

»Weißt du, es ist ein Käufer aufgetaucht. Hast du meine Wagenschlüssel gesehen?«

»Was interessieren mich deine gottverdammten Schlüssel!« schrie sie, während sie unter dem Diwan ihre Schuhe hervorkramte.

Frauen können existentiellen Problemen gegenüber ungeheuer gleichgültig sein. Sie lieferte mir einen Tränenstrom, einige weitere Temperamentsausbrüche und attackierte dann – typisch weiblich – auf höchst unlogische Weise meine absolut logischen Gründe dafür, daß ich sie wegschickte.

»Wer ist sie?«

»›Sie‹ ist ein Typ, der etwas kaufen will«, sagte ich.

»Und einen Käufer ziehst du mir vor, wie?«

»Ja«, antwortete ich, verblüfft über ihre merkwürdige Denkweise. Sie ging auf mich los, schleuderte ihre Handtasche, einen Schuh und ein Kissen nach mir und hob die Krallen. Ich wehrte sie mit einem Rückhandschlag ab, um die Dinge etwas friedlicher zu gestalten, worauf sie heulend zusammensackte, während ich ihren Mantel holte. Ich bin unbedingt für die Gleichberechtigung der Geschlechter.

»Komm, hilf mir doch, die Schlüssel suchen«, beschwor ich sie. Frauen scheinen manchmal überhaupt keine Vernunft zu besitzen.

»Du hast mich geschlagen«, schluchzte sie. »Du denkst an nichts anderes als an Antiquitäten.«

Ich fand die Schlüssel unter einem Holzschnitt, der einen thailändischen Tempel darstellte, scheuchte sie hinaus und dachte auch noch daran, ein Licht brennen zu lassen und die mit der örtlichen Polizeiwache verbundene Alarmanlage an der Tür einzuschalten.

Mein alter Armstrong-Siddeley stand, der Nachtluft ausgesetzt, unter den struppigen Bäumen, und man konnte den Rost abblättern hören. Zu meiner Erleichterung sprang er sofort an und setzte sich keuchend in Bewegung.

»Ich glaube, du spinnst, Lovejoy«, sagte Sheila schniefend. »Wofür sind Antiquitäten überhaupt gut?«

So sind die Frauen. Alles außer ihnen selbst erscheint ihnen reine Zeitverschwendung. Sehr egozentrische Wesen.

Sie lehnte sich zurück und starrte schmollend den sich nähernden Lichtern des Dorfes entgegen. Ich trat den Gashebel durch. Die Tachometernadel kletterte auf fünfzig Meilen, während der Motor sein Letztes hergab. Mit Südwestwind im Rücken hatte ich auf der Cambridge Road einmal sechzig geschafft.

»Vielleicht ist er Sammler«, sagte ich. Sie schnaubte. »Sammler ...«

»Sammler sind die einzigen Fanatiker, die der Welt noch verblieben sind«, verkündete ich voll Eifer. »Wer sonst würde seine Frau verkaufen, seine Ehe ruinieren, seinen Job drangeben, pleite gehen, zum Spieler, Dieb und Betrüger werden, sich ein Dutzend Hypotheken aufladen, nur um irgendwelche Dinge – Streichholzschachteln, Teetassen, Künstlerfotos, Fahrräder, Dampfmaschinen, Fächer,

Bahnhofslaternen und zweihundert Jahre alte Korsette – zusammenzutragen?« Ich blickte ihr verzückt in die Augen. »Sammeln, das ist mächtiger als Sex, mächtiger als Religion. Niemand«, so dozierte ich scheinheilig, »hat größere Liebe denn der, der sein Leben läßt für seine Sammlung.« Ich wünschte jetzt, das hätte ich nicht gesagt.

»Und du leerst ihnen die Taschen«, bemerkte sie bissig.

»Ich bin ihnen behilflich.« Mir standen schon fast die Tränen in den Augen. »Natürlich muß ich etwas dabei verdienen, aber nicht um des Gewinns willen, sondern damit ich meinen Service aufrechterhalten kann.«

»Lügner«, fauchte sie und schlug mir ins Gesicht. Da ich am Steuer saß, konnte ich mich nicht revanchieren, und so versuchte ich ihr gut zuzureden.

»Niemand bedauert mehr als ich, daß wir uns jetzt trennen müssen«, war das Beste, was mir einfiel, doch sie ließ sich nicht besänftigen und hackte bis zum Dorf auf mir herum. Es war ungefähr neun Uhr, als wir vor dem Pub ankamen. Der Armstrong keuchte inzwischen beängstigend. Die Hinterräder rauchten wieder. Ein unerklärliches Phänomen. Ich hielt und drückte ihr ein paar Pfund in die Hand.

»Bis bald, Liebling«, sagte ich hastig.

»Was soll ich jetzt tun?« jammerte sie.

»Bestell dir ein Taxi zum Bahnhof, sei ein gutes Mädchen.«

»Schwein!«

»Es fährt bald ein Zug; wenigstens nehme ich das an.«

»Wann seh ich dich wieder?« rief sie mir nach, während ich auf die Kneipe zusteuerte.

»Ich ruf dich an«, antwortete ich über die Schulter hinweg.

»Bestimmt?«

»Wirklich«, versicherte ich ihr.

Frauen haben keinen Sinn für Prioritäten. Ist Ihnen das auch schon aufgefallen?

2

An der Theke herrschte Gedränge. Das Lokal war voll. Mit einem schnellen Blick klassifizierte ich die Anwesenden. Ein Dutzend Stammgäste einschließlich dieser Mittdreißigerin, die in dekorativer Pose auf einem Barhocker saß und ihre Schenkel zeigte. Wir waren uns einmal nähergekommen – zweimal, um die Wahrheit zu sagen. Jetzt beschränkte ich mich darauf, ihr mit lüsternem Grinsen über die Köpfe ihrer Bewunderer hinweg bescheiden zuzunicken, und erntete dafür einen rauchverhüllten, eisigen Blick. Es waren schon drei Händler da: Jimmo – korpulent, beginnende Glatze, Steinzeug aus Staffordshire; Jane Felsham, blond, um die Dreißig, gute Figur, begehrenswert, wenn sie sich einen anderen Beruf ausgesucht hätte, englisches Silber aus dem achtzehnten Jahrhundert und frühe Aquarelle; und Adrian, Geschlecht unbekannt, elegant, teuer, hauptsächlich englische Möbel und Hausgeräte aus der Regency-Epoche. Ich entdeckte vier Fremde und ein oder zwei Kundenfänger, die auf sie einredeten, und sie für antike skandinavische Messingplatten zu interessieren suchten, deren Herstellung allenfalls ein paar Monate zurücklag. Probieren kann man es ja.

Tinker Dill saß mit diesem Mann mittleren Alters in der Ecke neben dem Kamin. Ich zwängte mich zu ihnen durch.

»Ach«, sagte Tinker mit dem gekünstelten Gehaben eines schlechten Schauspielers. »Ja also, das ist mein Freund Lovejoy, von dem ich Ihnen erzählt habe.«

»Abend, Tinker.« Ich nickte dem Fremden zu, und wir gaben uns die Hand.

Er wirkte ziemlich alltäglich, und seine Kleidung war nicht neu, aber gepflegt. Möglich, daß er sich zehntausend zusammengespart hatte. Doch ein echter Sammler …? Nein.

»Mr. Field, darf ich Ihnen Mr. Lovejoy vorstellen ...« Tinker übertrieb wirklich; man hatte das Gefühl, einen schwanzwedelnden Hund vor sich zu haben. Wir wechselten ein paar Begrüßungsworte und setzten uns.

»Heute bin ich dran, Tinker«, sagte ich und gab ihm einen Geldschein, um ihn loszuwerden. Er schoß sofort zur Theke. »Mr. Dill erzählte mir, Sie hätten sich auf ein bestimmtes Gebiet spezialisiert, Mr. Lovejoy.«

»Ja«, bestätigte ich und fügte so beiläufig wie möglich hinzu: »Die Entwicklung auf dem Antiquitätenmarkt hat es natürlich mit sich gebracht, daß ich mich auch mit einigen anderen Bereichen befasse.«

»Natürlich.«

Der Bursche war kein Händler, und wenn er eine antike Schnupftabakdose von einem Rolls-Royce unterscheiden konnte, dann, weil er richtig geraten hatte.

Die Aufgabe eines Kundenfängers ist, Verkäufer und vor allem Käufer zu finden. Er darf nicht sagen, oh, bedaure Sir, aber mein Händler interessiert sich nur für Ölgemälde der Flämischen Schule, wenn dieser beispielsweise ein Eßgeschirr aus der Zeit Williams IV. haben möchte. Egal, was das Opfer – Verzeihung, der Käufer – will, ein Kundenfänger wird behaupten, daß sein Händler es hat und überdies eine Kapazität von Weltgeltung auf dem fraglichen Gebiet ist. Dazu kommen noch ein paar zweckdienliche Bemerkungen über die mangelnde Ehrlichkeit anderer Händler.

Wenn nun der Händler zu diesem Zeitpunkt auf der Bildfläche erscheint und nur für Hochräder Interesse bekundet, ist die ganze Vorarbeit zunichte gemacht. Der Klient merkt, daß er getäuscht worden ist, und wendet sich verärgert an die *National Gallery* oder ähnliche Amateurvereine. Überdies wird der Mittelsmann, da Loyalität für seinesgleichen nicht die höchste aller Tugenden ist, den eindeutig vom Hungertod bedrohten Händler gegen einen besseren eintauschen. Anschließend verhungert der Händler wirklich, und diejenigen von uns, die zurückbleiben, sprechen ein kurzes Gebet für sein Seelenheil, während wir bereits dem Klienten hinterherjagen, weil wir alle wissen, wo wir ein guterhaltenes Speiseservice aus der Zeit Williams IV. auftreiben können.

»Er hat eine sehr hohe Meinung von Ihnen«, informierte mich Field. »Sie haben eine Sammlung für das Victoria-und-Albert-Museum aufgebaut, Mr. Lovejoy?«

»Na ja …« Innerlich zuckte ich zusammen, und während ich eine bescheidene Miene aufsetzte, nahm ich mir vor, Tinker zu erdrosseln; sogar unbedarfte Kunden wissen, wie man so eine Geschichte nachprüft. »Dazu möchte ich mich nicht äußern«, sagte ich zögernd und bemühte mich, verlegen auszusehen. »Sie müssen verstehen … ich handelte da im Auftrag eines Klienten, und in solchen Fällen dürfen weder Dill noch ich die Interessen des Kunden preisgeben.«

»Oh. Ich begreife«, antwortete er ernst. »Eine sehr verantwortungsvolle Haltung.«

»Das ist nur fair«, meinte ich. Vielleicht hatte ich doch etwas zu dick aufgetragen, denn er schien über etwas nachzugrübeln. Gerade als es aussah, als faßte er einen Entschluß, kam Tinker mit einem Rum für mich und einem Bier für Field zurück. Ein verstohlener Wink von mir genügte, um ihn sofort wieder zu verscheuchen.

»Betreiben Sie Ihr Geschäft allein, Mr. Lovejoy?« fragte Field.

»Ja.« Ich dachte nach und fand dann, daß ich diesem Burschen gegenüber etwas offener sein sollte. Er sah so harmlos und einfältig aus wie ein frischgebackener Polizist. »Dazu muß ich allerdings noch etwas sagen, Mr. Field.«

»Ja?« Er blickte mich interessiert an.

»In manchen Fällen ist das benötigte Kapital oder das Risiko so groß, daß man sich mit einem Kollegen zusammentun muß.«

»Ich verstehe.« Er lächelte.

»Bei diesem einen Geschäft sind wir dann Partner zu gleichen Teilen.«

»Aber danach nicht mehr?«

»Nein.« Und ich fuhr in eindrucksvoller Rechtschaffenheit fort: »Ich arbeite am liebsten allein, weil ... na ja, weil ich nicht weiß, ob andere Händler bei sich die gleichen strengen Maßstäbe anlegen wie ich.«

»Natürlich, ganz verständlich.«

Aus irgendeinem Grund war er erleichtert darüber, daß ich keinen Partner hatte.

»Und Dill?« fragte er.

»Er ist lediglich ein freier Mitarbeiter. Er erfährt nichts, es sei denn, Sie wünschten es.«

»Und andere Angestellte?«

»Ich hole mir nur im Bedarfsfall jemanden.«

»Es ist also möglich ...« murmelte er vor sich hin.

»Was denn, Mr. Field?«

»Man kann also mit einem Antiquitätenhändler eine vertrauliche Abmachung treffen.«

»Gewiß.« Ich hätte ihm sagen sollen, daß sich mit Geld fast genauso leicht Schweigen erkaufen läßt wie Informationen. Achten Sie bitte auf das Wort »fast«.

»Dann möchte ich Sie gern unter vier Augen sprechen, wenn es geht.«

»Jetzt?«

»Bitte.«

»Mein Cottage ist ganz in der Nähe. Wir können uns dort unterhalten.«

»Fein.«

Ich ging zu Jimmo hinüber und fragte ihn ein wenig über seine chinesischen Porzellanhunde aus. Er sprach geradezu verzückt von seinem wunderbaren Fund.

»Haben mich ein Vermögen gekostet«, erklärte er dramatisch. »Absolut identische Stücke. Sogar die Kugeln sind gleich.«

Aus purer Höflichkeit (und für den Fall, daß ich ihn demnächst einmal brauchte) hörte ich noch eine Weile zu, doch ich hatte bereits jegliches Interesse verloren. Selbst wenn die Porzellanhunde aus der K'ang-hsi-Periode stammten, wie Jimmo sagte, durften sie sich nicht völlig gleichen, um ein Paar zu ergeben. Beim männlichen Tier ruht eine Pfote auf einer Kugel, beim weiblichen auf einem kleinen Hündchen. Jimmo hatte also von zwei verschiedenen Paaren jeweils die eine Hälfte erwischt. Ich verdrückte mich bei der ersten Gelegenheit.

Adrian mit seinen Locken und seiner Handtasche war der Nächste. Es war gerade eine freundschaftliche Auseinandersetzung zwischen ihm und Jane Felsham im Gange, bei der es um ein paar Schönheitspflasterdöschen ging. »Bilston-Email«, sagte Adrian zu ihr. »Zauberhaft und absolut echt. Oh.« Er sah mich und stampfte unwillig mit dem Fuß auf. »Warum hört das dumme Stück nicht zu, Lovejoy? Sprich du mit ihr.«

»Wie viele?« fragte ich.

»Er hat sechs«, antwortete Jane gelassen. »Hallo, Lovejoy.«

»Hallo. Das hört sich ja nach einer hübschen Sammlung an.«

»Siehst du!« schrie Adrian.

»Nur zwei sind gekennzeichnet.« Jane schüttelte den Kopf. »Und zur Zeit ist bei Sammlern der Herstellungsort gefragt.« Die winzigen Döschen dienten im achtzehnten Jahrhundert der Aufbewahrung jener schwarzen Pflästerchen, mit denen sich die vornehmen Leute das weißgepuderte Gesicht schmückten. Eine widerliche Sitte.

»Sind blaue darunter?«

»Eine. Ich bemühe mich die ganze Zeit, Jane dazu zu bewegen, sie zu nehmen. Sie ist unfähig, ein gutes Geschäft zu wittern, Lovejoy.«

»Haben sie Spiegel in den Deckeln?«

»Zwei von ihnen.«

»Trotzdem, vierhundert ist kein verlockendes Angebot, mein lieber Adrian«, erklärte Jane unbeirrbar.

»Zeig mal her«, sagte ich, denn ich wollte fort. Field wartete geduldig neben dem Kamin.

Adrian entnahm seiner Tasche sechs emaillierte Döschen. Eines wirkte etwas gröber und glänzte auch weniger als der Rest. Ich hatte ein merkwürdiges Gefühl. Meine Klingel.

»Ich muß Jane beipflichten«, log ich achselzuckend. »Aber sie sind hübsch.«

»Dreihundertachtzig dann«, schlug Adrian vor, der irgend etwas spürte und meine Reaktion ermutigend fand.

»Abgemacht.« Ich nahm ihm die Döschen aus der Hand. »Komm morgen vorbei.«

Adrian schwenkte zu der überraschten Jane herum. »Da hast du's. Geschieht dir ganz recht, du dumme Kuh!« Ich ließ die beiden allein und ging zu Field.

»Mein Wagen steht direkt vor der Tür.«

Ich zeigte Tinker durch ein Nicken, daß er gute Arbeit geleistet hatte. Er strahlte und trank mir mit einem dreistöckigen Gin zu.

In meinem Cottage herrschte ein grauenhaftes Durcheinander. Man sah dem Diwan an, daß ich ihn für Fälle »gemeinschaftlicher Nutzung« besaß. Ich lächelte etwas verlegen.

»Sie müssen entschuldigen – eine, äh, Cousine von mir hat ein paar Nächte hier geschlafen.«

Ich stopfte ein paar von Sheilas Dessous unter die Kissen und klappte die Seitenpolster hoch. Als dann nur noch die Tischlampe brannte, erinnerte der Raum schon weniger an ein Schlachtfeld. Ich zog die Küchentür zu und plazierte Mr. Field in einen Sessel vor dem Kamin.

»Sehr hübsch haben Sie es hier, Mr. Lovejoy«, sagte er.

»Danke.« Und weil ich merkte, daß es ihn stutzig machte, kaum etwas Antikes zu sehen, erklärte ich: »Mein Antiquitätenlager habe ich auf verschiedene sichere Orte verteilt. Die Einbruchsgefahr ist zu groß.«

Lager! Das einzige, was ich besaß, waren sechs emaillierte Döschen, für die ich bis morgen eine beachtliche Summe aufbringen mußte.

»Da haben Sie recht«, meinte er. In seinen Augen war ich jetzt vorsichtig, vertrauenswürdig, zuverlässig, sachkundig und die Diskretion selbst. Ich untermauerte diesen Vorteil noch, indem ich mich für meine geringe Auswahl an alkoholischen Getränken entschuldigte.

»Ich selbst trinke nicht viel«, verkündete ich. »Möchten Sie vielleicht Kaffee?«

»Sehr gern.«

»Mich nennt alle Welt ganz einfach Lovejoy, Mr. Field«, sagte ich. »Das ist mein Warenzeichen.«

Er lächelte. »Ich werde es mir merken.«

Ich goß Kaffee auf. Bis jetzt hatte er noch nicht von Steinschloßwaffen gesprochen. Unsere Unterhaltung während der Fahrt war ganz allgemeiner Natur gewesen. Er machte einen sympathischen Eindruck und schien von den etwas unfeinen Tricks meiner Branche keinerlei Ahnung zu haben. Nichtsdestoweniger hatte er – Tinkers Bericht zufolge – keine Mühe gescheut, um einen Händler zu finden, der sich vornehmlich für Steinschloßwaffen interessierte.

»Wie lange wohnen Sie schon hier?«

»Seit ich in das Antiquitätengeschäft eingestiegen bin. Ich habe es von Freunden übernommen.«

Sie war eine siebenunddreißigjährige Witwe gewesen. Ich hatte zwei Jahre mit ihr zusammengelebt, bevor sie mich verließ. Später teilte sie mir aus Siena mit, daß sie einen Italiener geheiratet habe. Ich schickte ihr sofort einen Brief, in dem ich meiner ungeheuren Sehnsucht nach ihr Ausdruck gab, doch sie antwortete, ihr Ehemann besitze nicht eine einzige Antiquität und ziehe gelbe Holzplanken aus Dänemark dem üblichen Mobiliar vor. Daraufhin meldete ich mich nur noch einmal, um die Papiere für das Cottage anzufordern. »Und Sie leben lieber hier draußen als in London?«

»Oh, da bin ich sowieso durchschnittlich jede Woche einmal.« Und jedes Vierteljahr kämme ich das ganze Land durch; die meiste Zeit davon krieche ich auf den Knien herum, schnüffelnd und auf das Klingeln wartend. Doch das verschwieg ich, denn es war mir klar, daß ich vorübergehend den großen Händler spielen mußte.

»Um die Antiquitätenmärkte zu besuchen?« bohrte er weiter.

»Ja. Und ein paar, hm, Kollegen, die ich kenne.«

Er nickte und schöpfte tief Luft. Jetzt kommt es, dachte ich. Und es kam.

»Ich interessiere mich für ein bestimmtes Sammlerobjekt«, sagte er, als hätte er sich die Worte für einen Regentag aufgespart. »Ich möchte mir nämlich eine Sammlung anlegen.«

»Hm.«

»Und meine Frage ist, ob Sie mir dabei helfen könnten.«

Er trank seinen Kaffee und wartete; und ich nahm auch erst einmal einen Schluck.

»Nun, was meinen Sie?« forschte er dann.

»Wenn ich die Möglichkeit dazu habe, gern«, gab ich vorsichtig zurück. Für einen unwissenden Neuling machte er seine Sache nicht schlecht. Ich wurde allmählich richtig nervös.

»Hat Ihnen Dill nicht erzählt, worum es geht?«

»Er sagte, daß Sie Steinschloßwaffen kaufen möchten und … hm, über die nötigen Mittel verfügen.«

»Aber nicht, wonach ich suche?«

»Nein.« Ich stellte meine Tasse ab, weil meine Hände ein wenig zitterten. »Vielleicht sollten Sie mich aufklären«, meinte ich gleichmütig.

»Duellpistolen.«

»Das habe ich vermutet.« Steinschloßduellpistolen sind unter Waffensammlern sehr begehrt.

»Ein ganz besonderes Paar.«

Ich räusperte mich. »Was für eines, Mr. Field?«

Er starrte mich durch den spärlich erleuchteten Raum hindurch an. »Das Judas-Paar«, sagte er.

Ich war schlagartig ernüchtert. Mit etwas Glück konnte ich Tinker noch im Pub erwischen und ihm den Hals umdrehen dafür, daß er mir diesen Spinner geschickt hatte.

Ich starrte den armen Irren an. »Sagten Sie, das Judas-Paar?« Insgeheim hoffte ich immer noch, ich hätte mich verhört.

»Das Judas-Paar«, bestätigte er.

Jetzt muß ich wieder einmal abschweifen, Leute.

Steinschlösser zeichnen sich dadurch aus, daß ein Federmechanismus ein Stück Feuerstein an den Feuerstrahl drückt und damit einen Funken erzeugt. Als das echte Steinschloß konstruiert war und es sich herumgesprochen hatte, daß eine damit ausgerüstete Waffe schneller wieder abgefeuert werden konnte, hatte das Radschloß ausgedient. Radschloßwaffen waren eine Spezialität deutscher Büchsenmacher gewesen. Es waren schöne Stücke. Eine deutsche Radschloßpistole mit kugelförmigem Schaftende kostet heute ein Vermögen. Vergessen Sie nie: Je weniger angekratzt, um so besser. Lassen Sie sich nie zu der dummen Praktik verleiten, Löcher in das Holz zu bohren oder es zu beschädigen, um zu beweisen, daß eine Waffe alt ist. Man sollte überhaupt an Antiquitäten nicht herumbasteln. Beschränken Sie sich darauf, sie mit einem trockenen Staubtuch abzuwischen. Oder, besser noch, tun Sie nicht einmal das.

Um die Herstellung von Steinschloßwaffen erwarben sich die Franzosen große Verdienste. Es gibt prachtvolle Exemplare mit Goldintarsien, Silberbeschlag und feinem Schnitzwerk. Und von den spanischen Miqueletpistolen weisen einige vollendete Verzierungen auf. Auch die holländischen Steinschloßwaffen müssen erwähnt werden, obwohl ich die holländische Vorliebe für häßliche Elfenbeinschnitzereien am Griff grauenhaft finde. Alle Völker trugen zur Entwicklung des Steinschlosses bei, bis die tödliche Perfektion im friedlichen alten England weitere Höhepunkte erreichte. Oliver Cromwell führte ein verbessertes Steinschloß ein, das schneller, sicherer und lauter feuerte als alle anderen, was sich in Kriegszeiten als ein Segen erwies.

Von da an ging es unaufhaltsam weiter. Es wurden Steinschloßwaffen konstruiert, die unter Wasser abgefeuert werden konnten, Steinschloßrepetiergewehre, Steinschloßmaschinengewehre, Steinschloßhinterlader. Und immer drehte es sich darum, die Zeit zwischen der Berührung des Abzugs und dem bedauernden Brief an die Witwe des Gegners zu verkürzen.

Um das Jahr siebzehnhundertundsiebzig wurde es Mode, sich zu duellieren, und hier erscheint nun das Judas-Paar auf der Szene. Oder, besser gesagt, hier erscheint es nicht.

Seien Sie vorsichtig, Sie argloser Käufer kostbarer Duellpistolen. Mißt der Lauf weniger als zweiundzwanzig Zentimeter, dann schnauben Sie verächtlich und dividieren Sie den Preis mindestens durch drei, denn der Händler hat Ihnen ein Paar gewöhnliche Offizierspistolen als echte Duellwaffen andrehen wollen. Ist der Lauf aber sechsundzwanzig Zentimeter lang, so bewahren Sie die Ruhe und sehen Sie sich die Stücke genau an. Fast jede metallische Verzierung auf dem Lauf oder dem Schloß ist eine Disqualifikation, denn Duelle waren ja verboten, und Silber und Gold hätten im ersten morgendlichen Lichtschimmer aufblitzen und die mißtrauischen Augen eines Nachtwächters auf sich lenken können. Eine silberne Schloßplatte ist das einzige, was man akzeptieren darf. Die meisten Londoner Büchsenmacher verzichteten allerdings selbst darauf. Ihnen ging es um düstere Perfektion. Ihre Duellpistolen wirken sogar in der Kassette mit dem Pulverhorn, den Kugelzangen,

Feuersteinen, Schraubenziehern und dem Ladestock finster und grimmig. Doch sie haben Klasse. Für ein Paar tadellos erhaltene Steinschloßduellpistolen könnte man heutzutage mindestens zwei neue Autos kaufen. Für ein Paar, das, sagen wir einmal, irgendeinem berühmten Dandy gehört hat oder vielleicht einem Freund von Beau Brummell oder einem Mitglied der Königsfamilie, kann man buchstäblich alles bekommen. Wenn Sie je ein solches Pistolenpaar in einer staubigen alten Schachtel auf dem Speicher entdecken, sollten Sie unverzüglich in die nächste Kirche laufen und eine Kerze anzünden. Sie haben für den Rest Ihres Lebens ausgesorgt.

Noch etwas. Wie das Silber aus der Zeit Queen Annes sind auch Waffen namentlich gekennzeichnet, wenigstens sollten sie es sein. Auf dem Schloß. Das Monogramm ihres berühmten Silberschmiedes kann den Wert Ihrer Entdeckung verdoppeln oder verdreifachen. Und genauso steigert der eingravierte Name des Büchsenmachers den Wert Ihres Funds. Ich kann hier nur einige anführen: Joseph Manton, John Manton, Wogden, Henry Nock, Joseph Egg, Mortimer, Tatham, Reverend Alexander Forsyth (den Erfinder des Perkussionssystems), und nicht zuletzt den genialen Durs Egg, der Steinschlösser für Könige und Prinzen herstellte und, so heißt es, das einzige Steinschloß-Judas-Paar.

Dieser junge Mann kam um siebzehnhundertundsiebzig nach London, um dort sein Glück zu versuchen. Er begann sich für Pneumatik und Luftantrieb zu interessieren und konstruierte zusammen mit einem Schweizer namens Pauly eine Reihe seltsamer, aber tödlicher Luftgewehre. In späteren Jahren verlor er ein Vermögen mit einer von ihm erfundenen Flugmaschine, die er in einem Schuppen aufbewahrte. Er benutzte zur Kennzeichnung seiner Steinschlösser immer seinen Spitznamen, Durs. Es heißt, er habe zwölf – nur zwölf – Duellpistolen hergestellt, doch Gerüchten nach fertigte er heimlich ein dreizehntes Paar an, und daß dann etwas Schreckliches passierte. Was das war, blieb im dunkeln.

Auf jeden Fall soll dieses dreizehnte Paar sein letztes gewesen sein. Es wurde nie aufgefunden, und man hörte auch nur gerüchteweise davon. Jeder halbwegs vernünftige Antiquitätenhändler wird Sie auslachen, wenn Sie ihn danach fragen. Es gibt diese beiden Pistolen nicht, und jeder weiß es.

Dieses dreizehnte Paar ist das Judas-Paar.

Ich holte tief Luft.

»Mr. Field, ich habe eine schlechte Nachricht für Sie ...«

»Was für eine Nachricht?«

»Das Judas-Paar. Es existiert nicht«, sagte ich fest und stand auf, um mir ein Bier aus meinem Vorrat für äußerste Notfälle zu holen. »Diese Waffen sind ein Mythos. Im Antiquitätenhandel gibt es viele solche Geschichten.«

»Tatsächlich?« Er blieb auffallend ruhig für jemanden, der soeben eine herbe Enttäuschung erlitten hatte.

Er sah zu, wie das eingeschenkte Glas überlief, während ich unbarmherzig fortfuhr: »Michelangelos *Goliath* – das Gegenstück zu seinem *David*. Napoleons Holzschnitte. Sir Francis Drakes Gedichte. Robin Hoods Tagebuch. Zar Alexanders geheimes Testament. Kleopatras Rubinring. Nazi-Schatzkisten in irgendwelchen langweiligen Seen. Alles Legenden. So wie das Judas-Paar«, schloß ich grob.

»Wissen Sie, wieviel ich zu zahlen bereit bin?« fragte er.

»Zehntausend«, antwortete ich bitter.

»Jetzt glaube ich Ihnen, Lovejoy«, meinte er gelassen.

»Hören Sie«, sagte ich langsam. »Vielleicht habe ich mich nicht klar ausgedrückt. Zehntausend Pfund reichen nicht. Auch zehn Millionen würden nicht reichen. Etwas, was es nicht gibt, kann man nicht kaufen.«

»Eine Weile dachte ich, Sie gäben sich vielleicht nur den Anschein der Ehrlichkeit«, fuhr er ungerührt fort. »So etwas erlebt man in der Geschäftswelt ziemlich häufig. Aber jetzt bin ich überzeugt, daß Sie ein ehrlicher Mann sind. Sie haben, obwohl Sie zweifellos merkten, daß ich von Antiquitäten nur wenig verstehe, meine Unwissenheit nicht ausgebeutet, was ein unredlicher Händler bestimmt getan hätte.«

»Ja, das soll vorkommen«, gab ich schwach zu. »Sie wußten, daß das Judas-Paar eine Legende ist?«

»Aus verschiedenen Quellen.«

»Dann wollten Sie mich also nur auf die Probe stellen?«

»Ja.«

»Nun, Mr. Field ...« Ich erhob mich. »Sie haben Ihren Spaß gehabt. Würden Sie mir vielleicht, ehe Sie gehen, noch verraten, was Sie *wirklich* wollen?«

»Gewiß. Ich möchte, daß Sie für mich einen Auftrag übernehmen. Akzeptieren Sie? Er ist sehr lukrativ.«

»Worum handelt es sich?«

»Suchen Sie das Judas-Paar für mich«, erwiderte er.

Ich seufzte ungehalten. Der Kerl war verrückt. »Habe ich Ihnen nicht gerade erst auseinandergesetzt ...«

»Aber Sie sind im Irrtum.« Field beugte sich vor. »Lovejoy, das Judas-Paar existiert. Damit wurde mein Bruder getötet.«

Was für ein Abend, dachte ich und bedauerte, daß ich nicht mit Sheila im Bett geblieben war.

3

Die Damen der Elisabethanischen Epoche hatten Flöhe. Und Läuse. Und ihren Galanen erging es nicht besser. Bevorzugte Kavaliere wurden als Besucher zugelassen, und wenn sie besonders wohlgelitten waren, gediehen die Dinge bis zum Händedruck und zu Seufzern. Und am Ende kam die große Flohsuchzeremonie.

Wenn Sie ein schmutzverkrustetes antikes Döschen sehen, das sauber und emailliert sein sollte, um als Aufbewahrungsort für Schönheitspflaster zu dienen, dann handelt es sich entweder um eine Schnupftabakdose aus dem neunzehnten Jahrhundert, die man im allgemeinen gleich vergessen kann, oder um ein aus der Elisabethanischen Ära stammendes Behältnis für Flöhe und Läuse. Schaudern Sie nicht. Verschließen Sie es sorgsam im größten, sichersten Safe, den Sie finden können, verschlucken Sie den Schlüssel und brechen Sie in ekstatisches Geschrei aus. In diesen juwelenbesetzten Döschen verwahrten Liebende die kleinen Blutsauger, die sie auf der weißgepuderten Haut ihrer oder ihres Angebeteten gefangen hatten. Es war ein entzückender Zeitvertreib jener Tage. Wir Händler verschweigen allerdings den wahren Verwendungszweck der Döschen. Bei uns heißt es in solchen Fällen: »Schönheitsdöschen einer Dame, sechzehntes Jahrhundert, Einlegearbeit, angefertigt von ...«

Erinnern Sie sich an Adrian? Ich verbrachte ein paar Stunden der Nacht damit, das rauhe Metall des unansehnlichen Döschens zu reinigen, es war eine echte Flohbüchse. Ich küßte sie ehrerbietig, zog alle Vorhänge zu, löschte das Licht und rollte den Teppich auf, der eine Falltür verbarg. Dann stieg ich die acht Holzstufen hinunter. Mein Kellerversteck maß fünf Quadratmeter, war kühl und trocken und sicherer als jedes Bankgewölbe. Ich legte das Döschen auf ein Regal, kehrte nach oben zurück, und verschloß die Öffnung wieder mit der Steinplatte, wobei ich darauf achtete, daß der Eisenring in seiner Rille lag. Es sollte kein Besucher darüber stolpern. Anschließend genehmigte ich mir zur Feier des Ereignisses eine holländische Zigarre, obwohl ich danach immer schlecht schlafe, und ging zu Bett. Es war vier Uhr früh.

Fields Bruder war Sammler gewesen. Einer von der Sorte, die wahllos Dinge zusammentragen. Zum Entsetzen seiner Frau stopfte er sein Haus mit antikem, halbantikem und modernem Ramsch voll. Irgendwo, so erzählte Field, hatte er das Judas-Paar aufgetrieben, ohne zu ahnen, daß es sich dabei um mehr handelte als um ein Paar hervorragend gearbeitete antike Steinschloß-Duellpistolen. Er hatte offenbar überall von seinem glücklichen Fund gesprochen, und wahrscheinlich hatten interessierte Besucher auch den Abzug betätigen dürfen. An diesem Punkt von Fields Bericht beschlich mich das Gefühl, daß sein Bruder durch meine Hand das gleiche Schicksal hätte erleiden können, doch ich unterdrückte es sofort.

Jedenfalls erhielt Field vor einigen Monaten eines Abends einen Anruf von seinem Bruder. Der erzählte ihm aufgeregt, die Steinschloßpistolen seien etwas ganz Besonderes, Einzigartiges. Er würde sie ihm am nächsten Tag, einem Samstag, bringen und sie ihm zeigen.

»Er kam nie bei mir an, Lovejoy«, sagte Field.

Er selbst fand ihn um die Mittagszeit. Er war zu ihm gefahren, weil er sich Sorgen machte. Sein Bruder lag im Wohnzimmer, und alles um ihn herum war voller Blut. Es schien, als hätte man ihn durch ein Auge geschossen, aber nicht einmal bei der Autopsie fand man die Kugel.

»Hat der Gerichtsmediziner gesagt, was für ein Kaliber es war?« fragte ich.

»Ungefähr zwölf, aber er war nicht sicher.«

»Das wäre möglich. Wo hat er die Pistolen gekauft?«

»Das hat er nie erzählt.« Ein kluger Mann.

»Auch nicht, wieviel er bezahlt hat?«

»Nein.« Besonders klug.

»Waren Sie in einer Kassette untergebracht?«

»Ja.«

»Und das Zubehör?«

»Soweit ich mich erinnere, gab es ein paar kleine Schraubenzieher, zwei Metallfläschchen und eine Zange«, antwortete er langsam. Er meinte natürlich ein Pulverhorn und eine Kugelform.

»Sie haben sie also gesehen?«

Er blickte mich überrascht an. »O ja.«

»Und ... Haben Sie nichts Außergewöhnliches an ihnen bemerkt?«

»Für mich waren es lediglich, na ja, Antiquitäten.« Ich hatte für ihn nur einen eisigen Blick.

»Wissen Sie, wer der Hersteller war?«

»Eric – mein Bruder – sagte es mir. Es war ein ziemlich ungewöhnlicher Name: Durs und Egg.«

»Richtig. Und Sie haben natürlich die Pistolen gesucht?«

»Das hat die Polizei getan.«

»Ohne Erfolg?«

»Nicht nur das. Sie glaubten mir nicht, als ich ihnen davon erzählte.«

Es erübrigt sich ja auch, nach einer Schußwaffe zu suchen, wenn keine Kugel da ist.

»Die Polizei behauptete, er sei mit einem Metallgegenstand erstochen worden.«

»Durch das Auge?« Es klang unwahrscheinlich. »Was für Hypothesen hatte die Polizei denn?«

»Sehr wenige, sie suchen immer noch nach der Waffe.«

»Ohne zu wissen, was für eine Waffe es war?« schnaubte ich spöttisch.

Er beugte sich vor und zog einen Umschlag aus seiner Tasche. »Hier sind fünfhundert«, sagte er. »A conto.«

»Für ...?« Ich versuchte meinen Blick auf ihn gerichtet zu halten, aber meine Augen wanderten immer wieder zu dem Geld in seiner Hand.

»Dafür, daß Sie diese Waffe finden.« Er warf mir den Umschlag zu, und ich fing ihn auf, damit die Scheine darin keinen Schaden nahmen. »Mein Bruder wurde mit einer der Judas-Pistolen erschossen.«

»Das Judas-Paar existiert nicht.« Meine Stimme klingt manchmal sehr brüchig.

»Doch. Ich habe es gesehen.«

»Ich könnte Ihnen für diesen Betrag zwei ganz gute Duellpistolen beschaffen«, meinte ich schwach. »Natürlich keine erstklassig erhaltenen, aber ...«

»Ja oder nein?« fragte er. Diese ruhigen kleinen Burschen sind manchmal die schlimmsten. Sie geben nie auf. Haben Sie das auch schon bemerkt?

»Na schön«, antwortete ich, und ich kam mir sehr edel vor, »wenn Sie wirklich darauf bestehen ...«

»Wenn Sie sich etwas zum Schreiben holen«, sagte er mit einem etwas unangenehmen Lächeln, »können Sie sich die Details notieren ...«

Ich hatte doch alles versucht, nicht wahr?

Adrian brachte Jane Felsham mit. Ich gab ihm einen Scheck. »Du bist ja offenbar gut bei Kasse«, rief er aus.

»Es geht«, erwiderte ich bescheiden.

»Ist er wirklich gedeckt?« Er ließ sich in eleganter Pose in einem Sessel nieder. Weder er noch Jane konnten es sich verkneifen, sich verstohlen nach etwaigen Neuerwerbungen umzuschauen.

»Willst du ihn nicht?« Zum Beweis meiner unverändert freundschaftlichen Gesinnung kochte ich Kaffee.

»Ich muß gestehen, daß die kleine Jane und ich uns über deine Zahlungsfähigkeit Gedanken machten, mein lieber Junge.«

»Die hing auch an einem seidenen Faden.«

»Die Geschäfte gehen nicht so recht, Lovejoy?« Jane zündete sich eine ihrer langen Zigaretten an und drehte ihre Zigarettenspitze zwischen den Fingern. »Viel ist hier jedenfalls nicht zu sehen.«

»Ich habe diese zwei Lagerhäuser ...« Sie lachten.

»Der Typ gestern abend«, bohrte Jane weiter. »Ein Kunde? Ist er vielleicht hinter etwas her, was wir beschaffen könnten?«

»Das glaube ich kaum«, sagte ich leichthin.

»Ein Möbelsammler, nehme ich an.« Jane wedelte wieder mit ihrer Zigarettenspitze. Ein Psychiater hat mir einmal etwas Sonderbares über Frauen erzählt, die Zigarettenspitzen benutzen. Aber ich erinnere mich nicht mehr, was es war.

»Er hatte unerfüllbare Wünsche, wie die meisten.« Ich hoffte, das würde sie zum Schweigen bringen. »Für ein Butterbrot wollen sie wer weiß was kriegen. Na ja, ich hab ihn noch zum Bahnhof gefahren.«

»Hat er es überlebt?« Jane zieht mich immer wegen meiner alten Karre auf.

»Er fand, es sei etwas, was man nicht alle Tage geboten bekommt.«

»Das Ding ist eine Todesfalle«, warf Adrian ein. »All diese Schalter und Knöpfe für nichts und wieder nichts. Tausch ihn gegen einen kleinen Morris ein.«

Diese Art Gerede kränkt mich.

»Dann hat er nichts gekauft?«

»Er hat nicht einmal eine Bestellung aufgegeben.« Ich trug die Tassen herein und reichte den Zucker herum. »Allerdings hat er durchblicken lassen, daß er sich für Gemmen interessiert. Bringt mir alle, die ihr auftreiben könnt. Wir teilen uns den Gewinn.«

»Vielleicht hab ich ein paar«, sagte Jane, und nun waren sie befriedigt.

Gemmen werden gewöhnlich aus Halbedelsteinen gemacht. Sie wissen doch, was eine Kamee ist? Bei der Kamee ist das Bild erhaben geschnitten. Stellen Sie sich jetzt einmal das gleiche Bild vertieft vor, dann haben Sie eine Gemme.

»Harry Bateman hat angerufen«, erzählte Adrian und verzog sein Gesicht über meinen miesen Kaffee. »Er hat ein paar Sachen von Wordsworth. Echte.«

»Wirklich?« Ich war interessiert, aber Harry Bateman konnte seinen eigenen Hintern nicht von seinem Ellbogen unterscheiden.

»Wordsworths Originalstuhl und ein Rasieretui, das ihm 1839 seine Tochter Dora schenkte.«

»Oh.«

Jane blickte abrupt auf. Mein Ton hatte sie hellhörig gemacht. »Der Stuhl ist einwandfrei Chippendale ...« begann Adrian, doch ich unterbrach ihn, weil er mir leid tat.

»... Und auch das Datum stimmt nicht. Auf Harry kann man

sich nicht verlassen. Mach ihm um Himmels willen zweierlei klar, bevor er hereingelegt wird: Wordsworth hätte bei seiner Angewohnheit, im Sitzen wie Napoleon den Arm abzuwinkeln und die Hand in die Jacke zu schieben, mit einem Chippendalestuhl nichts anfangen können. Und die staatlichen Kunstsammlungen werden gar nicht erfreut sein, wenn er Doras Etui wirklich hat. Bisher war es nämlich zusammen mit dem anderen Kram in *Dove Cottage zu* besichtigen.«

»Das mag ich an Lovejoy«, sagte Adrian zu Jane. »Er ist aggressiv, wird aber nie so richtig beleidigend.«

Bald darauf fuhren sie in Adrians neuem Jaguar fort. Ein Regen von Kieselsteinen prasselte gegen meinen alten Armstrong-Siddeley. Ich rief Tinker an und bestellte ihn zu mir.

Vor mir lagen die Kataloge sämtlicher bedeutender Auktionshäuser und alle Nachschlagewerke, die ich besaß. Mein eigentliches Archiv war unten in meinem Schlupfwinkel, doch ich hatte keine Zeit mehr gehabt, um vor Tinkers Erscheinen hinunterzusteigen, und ein so enger Vertrauter war er wiederum auch nicht. Niemand war das, nicht einmal Sheila.

Als er kam, holte Tinker sofort die Black-Label-Flasche aus ihrem Versteck und goß sich einen kräftigen Schluck ein. Dann wollte er wissen, ob der Handel zustande gekommen sei und der Kunde Geld herausgerückt habe.

»Nein. Nur Versprechungen.«

»Na ja«, meinte er mit einem genüßlichen Schmatzen. »Man kann nicht alles haben.«

»Zuerst dachte ich, ich hätte es mit einem Verrückten zu tun.« Ich starrte ihn vorwurfsvoll an. »Zumal du mir nicht gesagt hattest, hinter was er her ist.«

»Wärst du gekommen, wenn ich es getan hätte?«

»Nein«, gab ich zu. »Jedenfalls habe ich es ihm ausgeredet. Ich bitte dich – das Judas-Paar!«

»Und worum geht es jetzt?«

»Er ist entschlossen, ein großer Sammler zu werden«, improvisierte ich. »Also hält er Umschau nach etwas Besonderem, hört von den Judas-Pistolen und nimmt sich vor, damit anzufangen. Ich habe ihm gesagt, daß ich ihm ein anderes, ebenso gutes Paar mit lückenlosen Daten besorgen würde. Er hat sich einwickeln lassen.«

»Was geben wir ihm denn?« fragte Tinker.

»Am besten bleiben wir bei Durs.«

»Ein paar Manton-Pistolen sind vielleicht demnächst zu haben.«

»Wo kommen die denn her?«

»Aus Suffolk, heißt es.«

»Na schön ...« Ich heuchelte Unschlüssigkeit. »Denk daran, wenn es soweit ist, schau dich aber vor allem nach Durs-Pistolen um. Ich war gerade dabei, festzustellen, in wessen Besitz sie sind.«

»Drei Paar in Deutschland. Vier in den Staaten. Vier hier und ein Paar in Australien.« Er hakte sie an den Fingern ab. »Zwölf. Das sind alle.«

Ich nickte beipflichtend. »Ich will mich nur vergewissern, daß in letzter Zeit keines bei einer Auktion aufgetaucht ist.«

»Gut.«

Er saß da und soff meinen Whisky, während ich die Kataloge durchging. Auf über zwölf Auktionen erschien dreimal der Name Durs. Es handelte sich um zwei Paar Halfterpistolen und eine Donnerbüchse.

»Nichts zu finden – nur Durchschnittskram«, sagte ich und hielt mit Mühe die Tränen zurück.

»Was machen wir jetzt?«

»Ich kümmre mich um die Sammler, und du schaust dich bei den Händlern um«, entgegnete ich. »Stell keine Fragen, hör dich lediglich um.«

»In Ordnung, Lovejoy, nur ...«

Ich gab ihm ein paar Scheine. »Das ist ein Vorschuß auf deine Provision«, sagte ich. »Und sei bloß vorsichtig.«

»Keine Sorge. Ich hab kein Interesse daran, die Preise in die Höhe zu treiben.« Er winkte mir zu. »Wiedersehen, Lovejoy.« Es ging nicht anders. Wenn Tinker, der aussah, als besäße er keinen roten Heller, plötzlich auftauchte und sich nach kostspieligen Objekten erkundigte, wäre das binnen zehn Minuten das Gesprächsthema der gesamten Branche, und das Judas-Paar würde nicht mehr aufzuspüren sein.

Ich besann mich gerade noch rechtzeitig. Ich durfte nicht vergessen, daß es diese Waffen nur gerüchteweise gab. Was ich suchte, war ein Duellpistolenpaar, das wirklich existierte. Ich räumte die Kataloge weg und setzte mich auf die Steinbank vor der Haustür. Es war ein schöner Tag. Vögel flogen ziellos herum, ein Eichhörnchen flitzte auf einen Baum. Auf der Straße waren ein paar Autos zu hören. Ich begann über meinen Auftrag nachzudenken.

Die von Eric erworbenen Pistolen gab es, soviel stand fest. Und ihretwegen war er ganz plötzlich in große Aufregung geraten. Zweifellos stammten sie von dem großen Büchsenmacher aus der Regency-Epoche und waren demnach nicht billig. Es waren angeblich Steinschloßwaffen, doch vielleicht stimmte das nicht. Es konnten auch einfache Halfterpistolen sein, die Eric Field – ein enthusiastischer Sammler, aber kein großer Experte – für wertvolle Duellpistolen gehalten hatte.

Doch wenn es sich nur um Offizierspistolen handelte, wer tötete dann an jenem Freitagabend Eric Field, nur um sie in seinen Besitz zu bringen? Niemand würde einen Mord für etwas begehen, was man, wenn auch zu einem stattlichen Preis, auf jeder offenen Auktion erstehen konnte.

Aber sehr viele Leute würden einen Mord nach dem anderen für das Judas-Paar verüben, falls es existierte.

Es war plötzlich spürbar kühler. Ich beschloß, zunächst einmal festzustellen, wo sich die Durs-Duellierpistolen während der vergangenen zwölf Monate befunden hatten. Wenn sie alle da waren, wo sie sein sollten, würde ich weiter überlegen.

Ich ging ins Haus, um mir eine Pastete aufzuwärmen. Dazu noch zwei Scheiben Brot und einen Becher Tee, und dann konnte ich mich an die Arbeit machen.

4

Es war gegen drei am Nachmittag dieses Tages. Ich war zu meinem Gartentor gegangen und hatte es als zusätzliche Vorsichtsmaßnahme zugeklinkt. Um hereinzukommen, mußte man den Schnapper zurückdrehen und sich fest dagegenstemmen. Es quietschte, ächzte und rasselte wie die Türen der Towerverliese. Ein Wachhund war nichts dagegen. Die Haustüren waren abgesperrt, alle Vorhänge zugezogen, und ich war in meinem Kellerversteck.

Jedes Wochenende, während andere Händler im Pub ihren Gin kippten und die Mädchen beäugten, überprüfte ich die Vorgänge auf dem Antiquitätenmarkt. Meine Quellen waren Zeitungen, Auktionsberichte und simpler Branchenklatsch.

Während ich in meinen Unterlagen nach Durs-Waffen suchte, warf ich ab und zu einen Blick auf die Regale um mich herum und überlegte, ob es irgend etwas gab, das die Fields irrtümlich für das Judas-Paar hätten halten können. Ich hatte zwei wunderschöne doppelläufige Perkussionsschloßpistolen von Barratt mit Kassette und allem Zubehör. Aber ein Perkussionsschloß konnte nicht einmal ein Trottel mit einem Steinschloß verwechseln. Es gab noch andere Verwandte von Joseph und Durs, so zum Beispiel Charles, aber er kam später und war außerdem nur ein blasser Schatten der beiden älteren Büchsenmacher. Nein. Alles deutete auf Durs-Waffen hin. Von Durs besaß ich nur ein Luftgewehr. Meine Duellpistolen waren großkalibrig und stammten von Samuel Nock. Alles andere, sorgfältig verpackt und auf trockene Schwämme gebettet, hatte mit Durs-Waffen überhaupt nichts gemein.

Je länger ich darüber nachdachte, um so unwahrscheinlicher wurde es, daß Eric sich getäuscht hatte. Es handelte sich bei seinem Paar vermutlich um Duellpistolen, und vielleicht kamen sie sogar aus der Durs-Werkstatt. Wenn ein Büchsenmacher zwölf Pistolenpaare angefertigt hatte, gab es keinen Grund, weshalb er nicht auch dreizehn hergestellt haben sollte.

Doch was machte diese Waffe so außergewöhnlich, daß Eric in heller Aufregung seinen gelangweilten Bruder anrief?

Es gab keine andere Alternative. Ich würde davon ausgehen müssen, daß Eric Field das Judas-Paar erworben hatte, daß es von einer unbekannten Person dazu benutzt worden war, ihn zu töten, und daß das Motiv für Erics Ermordung der Besitz dieser einzigartigen Stücke war. Wie Eric ohne Kugeln erschossen werden konnte, würde sich erst feststellen lassen, wenn man die Waffen in Händen hatte. Ich legte meine Papiere auf ein Bord, knipste das Licht aus und stieg nach oben.

Ein paar Minuten später lag der Wohnzimmerteppich wieder an seinem Platz. Ich zog die Vorhänge auf, rief Field an und erkundigte mich, wie lange sein Bruder die Pistolen bereits besessen hatte.

»Das weiß ich nicht genau. Vielleicht ein paar Monate.«

»Monate?«

»Ich glaube schon«, entgegnete er etwas verwundert. »Ich bin fast sicher, daß er vor längerer Zeit einmal erwähnte, er habe ein Paar erstklassige Steinschloßpistolen aufgetrieben.«

»Und wer könnte darüber genauer Bescheid wissen?«

»Niemand.« Er räusperte sich. »Sie könnten es allenfalls bei seiner Frau versuchen. Die Adresse haben Sie schon. Muriel wohnt noch in dem Haus. Aber ... Lovejoy, seien Sie bitte behutsam. Sie ist nicht sehr ... robust.«

Ich versprach es ihm und legte auf.

Eric hatte also erst nach Monaten gemerkt, was er erstanden

hatte. Somit war es nur vernünftig, wenn ich nach Duellpistolen Ausschau hielt, die wie normale Steinschloßwaffen aussahen.

Dies war ein klarer Fall für Dandy Jack. Er war die größte Klatschbase und der schlechteste Antiquitätenhändler der Welt. Ich konnte ihm ja zuerst einen Gefallen tun. Er hatte kürzlich eine kleine chinesische Kollektion gekauft und war bestimmt schrecklich aufgeregt deswegen. Er braucht immer Hilfe.

Ich schloß die Haustür ab und betrachtete den Himmel. Es würde schön bleiben, und es ging fast kein Wind. Bis zur nächsten Stadt waren es etwa fünfzehn Kilometer, und es gab nur eine schwache Steigung zu überwinden. Mein Armstrong-Siddeley würde es schaffen. Ich tätschelte seine Motorhaube.

»Na, dann wollen wir's mal riskieren, mein Schatz«, sagte ich, ließ ihn mit gelöster Handbremse vorwärts rollen und hüpfte hinein.

Glücklicherweise sprang er mit heiserem, keuchendem Brummen kurz vor dem Tor an. Der Motor geriet auch nicht ins Stocken, während ich das Tor aufmachte, und wir zockelten würdevoll auf die Straße hinaus. Ich trat das Gaspedal durch, und die Tachometernadel schwebte majestätisch aufwärts in die zweistelligen Zahlen. Das Jet-Zeitalter.

Heute hat praktisch jede Stadt einen Antiquitätenmarkt. In unserer gibt es eine Arkade mit etwa zehn Läden. Das Geschäft ist jahreszeitlichen Schwankungen unterworfen. Im Sommer treiben die Touristen von der Küste den Umsatz in die Höhe, und im Winter verringert sich die Zahl der Läden, einschließlich der Stände, wegen Besuchermangels auf fünf oder sechs. Ein Café dient als Falle für Unvorsichtige. Doch Dandy Jack schließt seinen Laden nie.

Ich parkte den Armstrong verbotswidrig und steckte ein Kärtchen mit der Aufschrift »Liefere Ware ab« an die Windschutzscheibe. Das System funktionierte oft. Im Café saßen eine Handvoll Gäste, die Tee tranken und kleine Kuchen verzehrten. Ich holte mir den saubersten Kuchen und eine Plastiktasse. Innerhalb von fünf Minuten platzten sie herein. »Hallo, Lovejoy. Machst du einen Streifzug durch die Slums?« Es war Harry Bateman, der berühmte Sammler von Wordsworth-Objekten.

»Tag, Harry.«

»Hast du schon gehört, was ich ...«

Ich klärte ihn über die Bedeutung seines Fundes auf. Er grinste und zuckte die Achseln. »Du bist wirklich eine wandelnde Enzyklopädie, Lovejoy. Bis später.«

Gleich danach begrüßte mich Margaret Dainty: Mittdreißigerin, gefärbtes Haar, von der Figur her etwas matronenhaft. Sie war kühl und bedächtig, normalerweise recht gut über ihre Ware informiert und hatte im allgemeinen hohe Preise. Irgendwo gab es einen Ehemann, aber er trat nie in Erscheinung. Von einer Verletzung, die sie als Kind erlitten hatte, war ein leichtes Hinken zurückgeblieben, das sie allerdings geschickt zu verbergen wußte.

»Hallo, Margaret. Wie gehen die Geschäfte?«

»Nicht gut.« Das kann alles heißen – von schlecht bis ausgezeichnet.

»Überall das gleiche.«

»Bist du an irgend etwas interessiert, außer an Jane Felsham?« Sie setzte sich mir gegenüber und wischte ein paar Krumen vom Tisch. Ich hob die Augenbrauen.

»Was hat sie denn verbrochen?«

»Eine deiner späten Besucherinnen, wie man sich erzählt.«

»Eine Fehlinformation, wie üblich. Sie kam am Tag. In Begleitung.«

»Es freut mich, das zu hören, Lovejoy«, sagte sie lächelnd.

Es hatte einmal eine engere Beziehung zwischen uns gegeben, sehr flüchtiger Art allerdings. Ich hatte angenommen, daß die Sache erledigt sei und sie andere Interessen entwickelt hätte. »Na, na, du wirst doch nicht ernstlich wollen, daß ein alternder, heruntergekommener, verarmter Trödler deinen Stil verdirbt!«

»Du bist wirklich ein harter Brocken«, meinte sie kühl. »Fest entschlossen, keine andere Cissie zu riskieren.« Cissie, mein verflossenes Eheweib.

»Es kann gar keine zweite geben. Auf jedes Milchstraßensystem kommt nur eine.«

»Dann bist du ja nicht gefährdet.« Sie beäugte mich, während ich den grauenvollen Tee austrank. »Hast du Lust, mein Lager anzuschauen?«

Ich stand auf und nahm meinen restlichen Kuchen mit. Um offen zu sein: Ich hätte mich für Margaret sehr erwärmen können, mehr, als für mich gut gewesen wäre. Doch Frauen sind eigenartig. Sie entfernen sich im Lauf der Zeit zusehends von dem Bild, das man ursprünglich von ihnen hatte. Und das schlimmste ist, daß man so ein verzehrendes Verlangen nach ihnen hat. Aber ich mag sie lieber, bevor ihre Masken fallen. Margaret hatte einen *bonheur de jour* – einen Damenschreibtisch aus dem achtzehnten Jahrhundert.

»Sheraton?« fragte sie.

»Nein. Allerdings ist es sein Stil.«

»Worauf gründet sich deine Meinung?«

Ich zuckte die Achseln. Ich konnte ihr nicht erzählen, daß meine

Klingel stumm blieb und das Stück damit verurteilte. »Sieht einfach nicht ganz echt aus.«

Ein Tip: Achten Sie auf zierliche, feuervergoldete Griffe, überzeugen Sie sich, daß das Möbelstück aus Satinholz, Rosenholz oder Ebenholz gemacht ist. Sie haben Glück, wenn der ursprüngliche Schreibplattenbelag noch vorhanden ist. Schauen Sie ihn sich von der Seite an, um festzustellen, wie er angebracht ist. Erhaben – moderner Ersatz. Eingelegt – möglicherweise original. Daß er verblaßt ist, will zunächst gar nichts heißen, denn solche Effekte können wir auch erzeugen, indem wir ihn eine Woche lang immer wieder waschen und an der Sonne trocknen lassen.

»Taugt das Stück etwas oder nicht?« drängte sie mich.

Sie zeigte mir zwei leuchtendfarbige Porzellanvögel und fragte, ob sie mir gefielen.

»Ich finde sie scheußlich.«

»Echt?« Sie sahen wie Chelsea aus. Ich berührte einen. Dingdong. Meine Klingel läutete.

»Todsicher.«

»Du hast ja noch gar nicht nachgeschaut, ob die Manufakturmarke, der goldene Anker, da ist«, sagte sie verblüfft.

»Er ist bestimmt da«, erklärte ich und schaute mich nach Steinschloßpistolen um. Doch Margaret führte so etwas nicht. Und da kam er hereingestürzt, von Alkohol und Sorgen gezeichnet, sichtlich bemüht, herauszufinden, ob wir nur miteinander plauderten oder ein Geschäft besprachen, unrasiert, triefäugig, schäbig gekleidet: Dandy Jack.

»Komm und schau dir meine Jadesammlung an, Lovejoy«, sagte er.

Ich versuchte zu grinsen, während ich vor seinem üblen Atem

zurückwich. Ein Kunde erschien, und so konnte mir Margaret nur durch eine Geste bedeuten, daß ich später noch einmal vorbeikommen sollte.

Ich ließ mir von Dandy erzählen, wie klug er sich beim Ankauf verhalten hatte. Die Witwe eines pensionierten Obersten, der irgendwelche Kriege im Fernen Osten mitgemacht hatte, und so weiter. Ich mußte sehr vorsichtig sein, wenn ich mich nach Steinschloßpistolen erkundigte, doch bis jetzt sah es ganz nach einer Zufallsbegegnung aus. Ich saß auf seinem Besucherhocker, während er mir seine Jadestücke zeigte. Ich mußte mich ihm unbedingt gefällig erweisen.

Die Leute haben die dümmsten Vorstellungen, was Antiquitäten angeht. Eine davon ist, daß alte Stücke, die gut erhalten aussehen, falsche Wurmlöcher, Kratzer und Kerben brauchen. Irrtum. Je besser der Zustand, um so kostbarer das Objekt.

Um Jadearbeiten ranken sich besonders viele verrückte Ideen. Und Dandy Jack hatte so viele irrige Meinungen wie nur möglich und trug sie allen Leuten vor.

»Es ist schade, daß ein paar nicht richtig grün sind«, sagte er jetzt, und »... aber hier sind einige dunkelgrüne ...« und so fort. Sich so etwas anzuhören, ist eine wahre Tortur, das kann ich Ihnen versichern. Man könnte bei solchen Typen manchmal glauben, man hätte es mit Analphabeten zu tun. »Vielleicht laß ich sie versteigern«, erklärte er. »Meinst du, Christie's würde ...«

Ich nahm eine in die Hand – eine schwarzweiße Libelle, wunderschön geschnitten, nicht bemalt, sondern durch und durch reiner Jade. Um echten Jade zu erkennen, allerdings nicht sein Alter, muß man ihn betasten. Halten Sie ihn zwischen den Fingern, berühren Sie ihn, dafür ist er da. Fassen Sie ihn aber nie mit frischgewaschenen Händen an. Die natürlichen Fettstoffe der Haut sind wichtig. Wenn sich der Gegenstand ganz leicht klebrig und etwas starr anfühlt, dann handelt es sich um Jade. Bei hellem Licht muß die Oberfläche matt erscheinen.

Es gibt viele Sorten Jade. Grüner Jade ist ziemlich häufig, aber nicht so häufig, wie man annehmen könnte. Mein Lieblingsjade ist ein leuchtend orangefarbener mit etwas Weiß, – ohne jede Spur Grün. Dann gibt es schwarzen Jade, der meist von weißen Streifen durchzogen ist, wie die Libelle in meiner Hand. Mit am wertvollsten ist cremeweißer Jade.

Natürlich kommt heutzutage der gewöhnliche grüne Jade von fast überall her, nur nicht aus China. Er wird in unverwittertem Zustand aus den Bergen herausgesprengt, was eine große Ausbeute garantiert; doch ist er nicht sehr resistent und besonders anfällig für Kratzer. Die meisten der stümperhaft geschnittenen Fische oder Pferde, die man sieht, werden in China aus Importjade gemacht. Massenprodukte. Besorgen Sie sich trotzdem ein Stück (es sollte sehr billig sein), um ein Gefühl für den Stein zu bekommen, aber machen Sie sich nichts daraus, wenn Ihr kleiner Lieblingsneffe es eines Tages zerschmettert.

Früher war man in China viel sachkundiger. Damals mußte Jade verwittert sein. Der moderne Jade ist weich. Der antike Stein ist hart und schwer zu bearbeiten. Eine Libelle, wie ich sie hier in der Hand hielt, kostete etwa sechs Monate Zeit.

Ich führte meinen Test durch: Eine Minute lang legte ich das Stück hin, ließ meine Hände abkühlen und faßte es dann wieder an. Ja, es war eiskalt, obwohl es von einer warmen Hand umschlossen gewesen war.

Dandy Jack hatte ungefähr dreißig Stücke hervorgeholt. Etwa

die Hälfte bestand aus Achat, und bei sechs weiteren handelte es sich um häßliche moderne, dunkelgrüne Jadestücke. Ich fand neun, darunter ein orangefarbenes Stück, aus altem Jade, vollendet geschnittene Füchse, Herzen, Lotuspflanzen, Fledermäuse, die Libelle und Pilze. Wirklich, eine verlockende Sammlung.

»Du hast hier ein paar gute Stücke, Dandy«, sagte ich. Es schmerzt, die Wahrheit zu bekennen.

»Du nimmst mich doch nicht auf den Arm, Lovejoy?« Er war immerhin vernünftig genug, um Mißtrauen zu hegen.

»Die da drüben sind aus Achat, nicht aus Jade.«

»Dieser Dreckskerl!« empörte er sich. »Heißt das, ich bin betrogen worden?«

»Nein. Unter den anderen gibt es ein paar, die dein halbes Geschäft aufwiegen, Dandy.«

»Ist das wahr?«

»Ja. Die dunklen sind neu; verkratz sie um Himmels willen nicht. Das wäre ein verräterisches Zeichen, und du wirst sie dann überhaupt nie los. Die hier sind hervorragend. Dafür kannst du einen hohen Preis ansetzen.«

»Dann glaubst du also, daß sie ihr Geld wert sind?«

»Du hast sicher zu wenig dafür bezahlt.« Ich stand auf, um zu gehen. Er packte meinen Arm. »Würdest du sie für mich datieren und auszeichnen, Lovejoy?«

»Wenn ich das tue, mußt du mir etwas versprechen.«

»Was?«

»Daß du mir die Libelle nicht verkaufst. Sie ist viermal ihr Gewicht in Gold wert. Wenn ich sie mit zweihundert Pfund auszeichne und dir anschließend anbiete, sie zu erwerben, dann gib sie mir nicht.«

»Du bist ein feiner Kerl, Lovejoy«, sagte er mit einem breiten Grinsen.

Ich zog meinen Mantel aus und machte mich an die Arbeit. An alledem, dachte ich schlecht gelaunt, war nur Fields Wahnidee schuld. Wenn ich nicht auf Dandys Klatschgeschichten angewiesen gewesen wäre, hätte ich ihm die meisten der alten Jadestücke für weniger als zwanzig Pfund abgeluchst und vielleicht tausend daran verdienen können. Lovejoy, der Wohltäter.

Ganz nebenbei holte ich aus Dandy ein paar Informationen heraus. Erstens erfuhr ich, daß auf einer Auktion in Yorkshire unter anderem sieben Waffen zur Versteigerung angeboten würden. Und zweitens erwähnte er eine Auktion, die in der Vorwoche in Suffolk stattgefunden, und von der ich nichts gehört hatte. Der dritte Tip war Brad.

Ich tankte den Wagen bei Henry auf.

»Ist schon eine tolle Klapperkiste«, meinte er grinsend. »Es wundert mich, daß er überhaupt noch fährt.«

»Bei dem Benzinverbrauch ist das gar nicht so erstaunlich«, sagte ich, während ich einen Betrag entrichtete, der die Staatsschuld hätte tilgen können.

Ich fuhr zur Bucht hinüber, die ungefähr fünfzehn Kilometer entfernt ist. Knapp hundert Häuser verteilen sich auf dem Hügelhang über dem Watt. Eine Künstlerkolonie, die Töpferarbeiten macht, lebt dort in umgebauten Bootshäusern am Kai und bevölkert die drei Kneipen.

Brad reinigte gerade einen Adams-Revolver, ein besonders stilvolles, schönes Stück.

»Ich kaufe nicht, Brad«, verkündete ich. Er lachte. »Da hast du Glück«, konterte er. »Ich verkaufe nicht.«

Wir unterhielten uns über die jüngsten Ereignisse. Er wußte von Dandys Jadesammlung.

»Er hat verteufeltes Glück«, sagte er. Ich wollte, daß Dandy von Brad hörte, wie beeindruckt ich gewesen war, für den Fall, daß er es nicht gemerkt hatte und keinen Anlaß sah, mir zu besonderem Dank verpflichtet zu sein. Also erging ich mich hingerissen über einige der Jadestücke, bis Brad das Thema wechselte.

»Wer ist denn der komische Kauz, der so scharf auf Durs-Pistolen ist?«

Antiquitätenhändler wissen immer, wer wann und wo etwas kauft, oder kaufen will. Brad hatte also von der Sache gehört. »Ach, da ist so ein Kerl aufgetaucht. Hat keine Ahnung. Ich habe den Auftrag übernommen.«

»Steinschloßpistolen ... hm ... schwierig.«

Ich erzählte ihm den Teil der Geschichte, die ich für die Öffentlichkeit bestimmt hatte.

»Ich dachte an eine schöne Kassette mit Duellpistolen. Dandy meinte, du wüßtest vielleicht, wo man ein guterhaltenes Paar auftreiben kann.«

»Nächsten Montag bin ich in Mittelengland. Ich will mir dort fünf Paar Pistolen anschauen, aber es kann sich natürlich herausstellen, daß sie reiner Schrott sind.«

Ich pfiff. Fünf mögliche Wunder. »Denk an mich. Geld ist vorhanden.«

Wir redeten noch eine Weile über dies und jenes, dann zuckelte ich mit meinem Rennwagen fort. Ich brachte einen Ausflügler zum Fluchen, weil ich ein Stoppschild mißachtete, doch mein asthmatischer Klapperkasten kann am Berg eben nicht starten, während sein funkelnagelneuer Austin das jederzeit schafft. Die Leute sollten wirklich lernen, daß sie antiken Autos gegenüber auch Verpflichtungen haben.

Muriels Haus gehörte ganz zu der Sorte, die mir gefiel. Ich stellte mir schimmernde Kandelaber auf langen Mahagonitischen und staubige Gemälde an den Wänden vor. Und eine zerbrechliche, verwitwete alte Dame, die sich nichts sehnlicher wünscht, als daß ein großherziger Menschenfreund wie ich ihr dabei hilft, all das Zeug zu verkaufen. Meine Kehle war trocken. Unter lautem Getöse brachte ich die Karre zum Stehen. Ich betätigte den Türklopfer. Die Tür ging auf. Die zerbrechliche alte Dame erschien.

Sie war schüchtern, zaghaft und noch keine dreißig.

»Guten Tag«, sagte ich und hätte zu gern etwas gepflegter ausgesehen.

Ich habe es nie ganz geschafft. Meine Schuhe wirken unweigerlich schäbig, meine Anzüge sind ausgebeult, kaum daß ich sie gekauft habe. Ich habe einen wirren Haarschopf, der nicht zu bändigen ist. Ich bin einfach eine Zumutung.

»Ja?« Sie starrte mich durch den Türspalt an. Im Hintergrund klapperte es aus der Küche.

»Mein Name ist Lovejoy. Ich komme wegen ... wegen Ihres verstorbenen Mannes, Mrs. Field.«

»Ja?«

»Hm, es tut mir leid, wenn ich störe, Mrs. Field ...« Ich machte eine Pause, doch sie sagte nichts. »Ich bin Antiquitätensammler, und ...« Ein Händler sollte sich nur einem Kollegen gegenüber zu erkennen geben.

»Ich bedaure, Mr. Lovejoy, aber ...«

»Oh, bitte ...« Ich suchte nach einer brauchbaren Lüge. »Ich will nichts kaufen. Es handelt sich … es handelt sich um Mr. Fields Käufe. Ich weiß nicht, wie ich es erklären soll.«

Sie betrachtete mich zweifelnd und zog dann die Tür auf. »Vielleicht kommen Sie besser herein.«

Groß und elegant stand sie in der geräumigen Diele. Sie war eine jener Frauen, die eine natürliche Wärme ausstrahlen. Sie hatte einen offenen Blick, und man merkte, daß sie aufmerksam zuhörte, wenn man etwas sagte. Und dazu hatte sie Stil. In der angrenzenden Wohnhalle nahmen wir in abscheulichen Ledersesseln Platz. An der Wand hing ein ramponierter Kavalleriesäbel, und auf einem modernen Rosenholzschreibtisch entdeckte ich eine Châtelaine, die nach Louis XIV. aussah – ein kleines Etui, in dem Scheren, Zahnstocher und Maniküreutensilien aufbewahrt wurden. Ein sehr begehrtes Objekt, dessen Wert unaufhörlich steigt …

»Also, Mr. Lovejoy, Sie sagten …«

»Wie? Oh, ja …« Jetzt, bei besserem Licht, merkte man erst, was für eine auffallende Erscheinung sie war. Sie hatte hellblondes Haar, ein blasses Gesicht, einen entzückenden Mund und schöngeformte Arme. Ihre Finger waren in ständiger Bewegung. Insgesamt machte sie den Eindruck eines Menschen, der sich auf ein ihm unbekanntes Terrain verirrt hatte und sich etwas verloren vorkam.

»Der arme Mr. Field«, begann ich vorsichtig. »Ich hörte von dem … Unfall.«

»Ja, es war schrecklich. Kannten Sie meinen Mann?«

»Hm, nein. Wissen Sie, ich sammle Antiquitäten zusammen mit, hm, einem Freund.«

»Und Ihr Freund …«

Ich nickte. »Wir wollten über ein bestimmtes Objekt mit Mr. Field sprechen.« Ich schwitzte. Wenn sie Einblick in die Aktivitäten ihres Mannes hatte, war ich geliefert.

»War es eine Standuhr?« fragte sie.

Ich lächelte dankbar. »Ja, von William Porthouse. Ein schönes, herrliches Stück, Mrs. Field. Auf dem Zifferblatt steht das Jahr siebzehnhundertundachtunddreißig, und obwohl ...«

Sie unterbrach mich entschlossen. »Wissen Sie, unter den jetzigen Umständen habe ich keinerlei Interesse ...« Gleich würde sie mich verabschieden. Ihre Beine lösten sich bereits aus einer dieser Verschlingungen, die nur Frauen zustande bringen.

»Oh, diese Angelegenheit ist natürlich für uns abgetan«, versicherte ich ihr, als hätte mich ihre Reaktion überrascht.

»Ach, dann ...«

Ich lächelte sanft und bescheiden. »Es geht uns jetzt lediglich um die beiden Pistolen.«

»Pistolen?« wiederholte sie verblüfft.

»Mr. Field erzählte etwas über eine Kassette mit zwei Pistolen.« Ich zuckte die Achseln, als brächte ich es kaum über mich, sie wegen dieser Kleinigkeit zu belästigen. »Mein Freund sagte, er und Mr. Field hätten eine ... äh ...«

»Abmachung getroffen?«

Ich pries ihren femininen Impuls, helfend einzuspringen.

»Na ja, es war noch nichts Definitives, wissen Sie«, bestätigte ich zögernd. »Aber wir hatten Grund zu der Annahme, daß Mr. Field daran interessiert war, uns verschiedene Objekte, darunter auch diese Waffen, zu verkaufen.«

»Ich habe von ihnen gehört ...« Sie schien irgendwelchen Erinnerungen nachzuhängen. Ihre Augen starrten an mir vorbei. »Er zeigte mir ein Paar Pistolen in einer Kassette. Die Polizei fragte mich danach, als George …«

»George?«

»Mein Schwager. Eric, mein Mann, telefonierte mit ihm. Es war an dem Abend, ehe er … Er wollte George am nächsten Morgen besuchen und ihm etwas zeigen. Dann passierte diese entsetzliche Sache.«

»Waren Sie hier, als …«

»Nein. Ich war im Krankenhaus.«

»Oh.«

»Mir war es schon monatelang gesundheitlich nicht besonders gut gegangen, und Eric bestand darauf, daß ich die Sache endlich in Ordnung bringen ließe. Ich … erfuhr es erst durch George. Er und Patricia waren rührend. Sie kümmerten sich um alles.«

»Sagten Sie nicht, die Polizei hat sich nach den Pistolen erkundigt?«

»Ja. George meinte, der Täter … hätte sie benutzt … um …«

»Nun, ich nehme an, man hat sie gefunden«, bemerkte ich unschuldsvoll. »Heutzutage ist es leicht, Waffen zu identifizieren.«

»Ach, wissen Sie, sie waren so alt, Antiquitäten, nichts weiter, und die Polizei glaubt auch gar nicht, daß er … erschossen wurde.«

»Wie sahen sie denn aus?« Ich schluckte.

»Oh, sie waren ungefähr so lang …« Sie maß mit ihren Händen etwa vierzig Zentimeter ab. »Dunkel, gar nicht schön.«

»Mein Freund sagte etwas über goldene Verzierungen«, warf ich ein.

»Ach, dann müssen es andere sein«, sagte sie erleichtert. »Denn die von Eric hatten nichts dergleichen. Nur diesen kleinen Kreis.«

»Kreis?« entfuhr es mir schrill. Meine Jacke war schon ganz verschwitzt. Sie lächelte auf ihre Hände hinunter.

»Ich weiß noch, wie Eric über mich lachte«, sagte sie. »Ich fand die Dinger gerade wegen dieser glänzenden Kreise ungeheuer häßlich. Eric kam das sehr komisch vor. Anscheinend waren sie aus Platin.«

Ich hatte das Gefühl, daß ich jetzt ebenfalls lächeln sollte, schaffte aber nur eine scheußliche Grimasse.

»Wissen Sie, Mr. Lovejoy«, fuhr sie fort, »ich habe mich eigentlich nie ... für die Sammelaktivitäten meines Mannes begeistern können. Sie erschienen mir eine solche Zeit- und Geldverschwendung.«

Mit einem lässigen Achselzucken brachte ich zum Ausdruck, daß ich Verständnis für sie hatte. »Vermutlich kann man dabei übertreiben«, log ich. Als ob man beim Sammeln übertreiben könnte.

»Das hat Eric zweifellos getan.«

»Wo kaufte er denn seine Sachen im allgemeinen, Mrs. Field? Mein Freund ist ihm nämlich nur selten auf einer Auktion begegnet.«

»Das meiste wurde ihm zugeschickt. Ich mußte oft im Dorfpostamt etwas abholen lassen. Die Kassette kam, glaube ich, aus Norfolk.«

»Was für eine Kassette?«

»Die mit den Pistolen, für die Sie sich so interessiert haben.«

»Ach so ...« Ich lächelte zerstreut. »Ich war mit meinen Gedanken schon wieder woanders.«

»Wissen Sie, ich erinnere mich an dieses Paket, weil es so schwer war, und weil die Frau im Postamt über den Ort in Norfolk sprach. Sie erzählte mir, er liege an der Küste, und in der Nähe sei ein Vogelschutzgebiet. Sie war mit ihrer Familie dort gewesen. Später habe ich versucht, mich an den Namen zu erinnern, aber die Polizeibeamten meinten, er sei nicht so wichtig.«

»Hm … Und was ist nun aus den Pistolen geworden? Ich erkundige mich nur«, beeilte ich mich hinzuzufügen, »weil mein Freund vielleicht danach fragen wird.«

»Ja, das weiß ich nicht.« Wenn ich sie noch länger bedrängte, würde sie mißtrauisch werden. »Als ich aus dem Krankenhaus entlassen wurde, waren sie verschwunden.«

»Und die übrigen Antiquitäten?«

»Oh, die habe ich verkauft. Eric meinte, wenn ihm je etwas passieren sollte, wäre es am besten, sie einem seriösen Auktionshaus zur Versteigerung zu überlassen. Er war ein sehr umsichtiger Mann«, fügte sie steif hinzu.

Ich nickte. Er war auch ein beneidenswerter Mann, dachte ich. Sie wartete nun offenkundig darauf, daß ich mich verabschiedete. Mein erschöpftes Gehirn gab auch nichts mehr her. Wie machten es nur all diese Polizeibeamten und Detektive, daß ihnen immer die richtigen Fragen einfielen, dachte ich gereizt. »Ja, also dann vielen Dank, Mrs. Field«, sagte ich, während ich mich erhob. »Ich hätte Sie eigentlich nicht belästigen dürfen, aber mein Freund drängte so darauf.«

»Ich freue mich, daß Sie es getan haben. Es ist immer besser, solche Dinge klarzustellen.«

»Das fand mein Freund auch.«

Sie begleitete mich zur Tür und stand noch dort, als ich wegfuhr. Ich sah einen Geistlichen auf das Haus zugehen. Wo eine Witwe ist, sind diese Brüder immer in der Nähe, dachte ich unfreundlich. Ich nickte ihm zu, und als er mich mit einem flüchtigen

Blick streifte, notierte ich im stillen meine Eindrücke: mittleres Alter, scharfe, hagere Gesichtszüge und die Augen eines Inquisitors. Eigentlich hatte ich geglaubt, der Typ des religiösen Eiferers, der den Leuten mit dem Jüngsten Gericht drohte, sei nicht mehr gefragt. Seine Spendenkasse sah ich nicht.

Muriel winkte mir nach. Ich winkte zurück und überlegte sogar, ob ich sie einmal unter irgendeinem Vorwand dazu bewegen könnte, mit mir auszugehen. Aber ich hatte mir mit meinen falschen Behauptungen den Weg verbaut. Frauen lieben so etwas nicht, weil sie von Natur aus unvernünftig sind. Nur ganz wenige haben ein vertrauensvolles Wesen.

Schrecklich, wenn man so ist.

5

Zu Hause ließ ich mir die ganze Sache noch einmal durch den Kopf gehen und wurde mit jeder Minute wütender auf die wendigen Fernsehdetektive, die jedes Verbrechen im Handumdrehen lösen. Ich machte Tee und zwei Spiegeleier, wärmte eine Dose Bohnen im Wasserbad und genehmigte mir zum Nachtisch zwei Joghurts. Normalerweise lebe ich, wenn ich keinen Besuch habe, weitgehend von Margarinebrot und allen möglichen Sandwiches. Dazu kommt ein Becher Tee, den ich jeden zweiten Tag ohne Zucker trinke, weil einem die Ärzte ja Todesängste einjagen, wenn man ißt, was einem schmeckt.

Ich setzte mich in den Eingang, um die Vögel zu beobachten, während ich meine Mahlzeit verzehrte.

Ich wußte jetzt, daß es sich bei den Pistolen um außergewöhnliche Stücke handelte, die fast mit Sicherheit von Durs stammten. Keine Verzierung, hatte die bezaubernde Muriel berichtet, nur ein Verschluß aus Platin. Und etwa vierzig Zentimeter lang, wurden sie in einer Kassette, die verschiedenes Zubehör enthielt, wie ich von George wußte, aufbewahrt. Sie kamen aus Norfolk. Und es gab ein Vogelschutzgebiet in der Nähe des Ortes. Erics Antiquitäten waren verkauft worden, aber George war sicher, daß die Pistolen gefehlt hatten, als er seinen Bruder fand. Und wenn sie irgendwo im Haus versteckt gewesen wären, hätte Muriel sie inzwischen bestimmt gefunden.

Ich trank meinen Tee. Die Nachmittagssonne warf schräge Schatten auf das Gras. Die Vögel, eine ziemlich lärmende Bande, hüpften auf dem Weg herum und suchten nach Krumen. Mein Rotkehlchen, ein aggressiver kleiner Charmeur, der sich aus den anderen nichts zu machen schien, kam auf meinen Arm und flötete leise. Ein kalter Wind blies aus dem Osten.

»Tja, manche Leute müssen offenbar Vogelschutzgebiete besuchen, um so etwas wie dich zu betrachten«, sagte ich. »Kennst du den Weg?«

Es verließ meinen Arm und verscheuchte irgendwelche braunen Kreaturen aus seinem angestammten Revier. Man könnte annehmen, Rotkehlchen wären sanfte, engelhafte Geschöpfe, doch sie sind erstaunlich robust, und ich habe eines von meinen sogar schon Kaninchen und große Vögel angreifen sehen. Robust, aber ohne Falsch. Ich bin genau das Gegenteil, schwach und hinterlistig.

»Margaret?«

»Lovejoy!« Sie schien sich aufrichtig zu freuen, meine Stimme am Telefon zu hören. »Endlich! Wo treffen wir uns?«

»Ich möchte nur eine Auskunft von dir ...«

Sie seufzte. »Also immer noch dieses Weib aus London ...«

»Was für ein Weib?« fragte ich unschuldsvoll.

»Du weißt schon. Die, die du zu Fuß zum Bahnhof geschickt hast.«

»Na schön, Falkenauge«, sagte ich spöttisch.

»Ich hab das ganz zufällig mitgekriegt«, versicherte sie sanft, »weil ich gerade aus dem Pubfenster schaute, als ihr kamt.«

»Sie war nur auf einen kurzen ... äh ... Besuch bei mir«, erläuterte ich.

»Was ist für dich lang, wenn du drei Tage als kurz bezeichnest?«

»Zwei«, protestierte ich.

»Ach, nur zwei!« gurrte sie. »Na, auf jeden Fall werden dich deine Gastgeberpflichten ziemlich mitgenommen haben, du Ärmster.«

Verstehen Sie, was ich meine? Im Grunde können sie sich alle nicht leiden. Ich glaube, deswegen putzen sie sich auch so heraus. Was der Mann denkt, ist völlig unwichtig, solange sie jede andere in der nächsten Umgebung übertreffen. Erschreckend, wenn man es sich recht überlegt.

Eine frühere Freundin von mir, die, von der ich das Cottage übernommen habe, fand einmal heraus, daß ich eine andere Frau im Dorf besucht hatte. Die Sache war völlig harmlos, aber ich hatte wegen ein oder zwei Nächte dringender Geschäfte nicht nach Haus kommen können. Es gab eine wilde Szene, und sie beschimpfte mich furchtbar, aber ihr Hauptzorn richtete sich gegen die Rivalin, die sie am liebsten für den Rest ihres Lebens zum Krüppel gemacht hätte. Immer nehmen sie gleich das Schlimmste an, nicht wahr? Vertrauen ist nicht ihre starke Seite.

»Ich rufe an, weil mir zehn ausgestopfte Vögel angeboten worden sind, und ich nichts davon verstehe«, improvisierte ich.

»Möchtest du, daß ich sie mir anschaue?«

Margaret war so etwas wie unsere Lokalexpertin für derartige Monstrositäten.

»Hm, ja, weißt du ...«

»Schon gut, Lovejoy, ich verstehe.« Ihrer Stimme nach zu urteilen, lächelte sie. »Du traust mir nicht.«

»Natürlich trau ich dir, Margaret«, erklärte ich voller Inbrunst. »Ich dachte nur, es wäre vielleicht gut, wenn ich mir selbst ein wenig Wissen auf diesem Gebiet aneignen würde ... Es scheint da ein paar ganz bekannte Vogelschutzgebiete an der Küste zu geben ...«

»Hör mal, Lovejoy«, meinte sie jetzt ernst. »Ich weiß nicht, was du vorhast. Wenn du allerdings mit einer Wagenladung ausgestopfter Vögel in einem Vogelschutzgebiet aufkreuzen und die Leute dort bitten willst, dir bei der Identifizierung zu helfen, dann wirst du dich sehr unbeliebt machen.«

»Oh. Na ja, sie könnten aber einiges an Literatur haben ...« Wie erwartet, hatte sie einschlägige Informationsquellen und nannte mir schließlich drei Vogelschutzgebiete, davon zwei in Norfolk. Ich sagte, ich würde wahrscheinlich das nächstgelegene aufsuchen.

Bevor sie einhängte, fragte sie noch, ob ich irgendwelche Probleme hätte.

»Natürlich nicht. Warum?«

Sie zögerte. »Ach, es ist nur ... Kann ich eben einmal kurz vorbeikommen?«

»Oh, Margaret.« Ihre Absichten lagen so klar auf der Hand, daß mein gereizter Ton durchaus gerechtfertigt war.

»Mach, was du willst, Lovejoy«, fauchte sie zornig und hängte ein. Sehen Sie? Frauen geben nicht gern auf. Ich finde, sie haben manchmal geradezu etwas Beängstigendes. Jedenfalls liebe ich die Abwechslung, und genau das ist es, was sie so übelnehmen.

Während ich noch einmal meine Unterlagen durchsah, kamen zwei Telefonanrufe. Das erstemal war es Sheila, die sich beklagte, weil ich nichts von mir hatte hören lassen. Ich fragte sie, ob sie sonst noch etwas auf dem Herzen habe, was zur Folge hatte, daß sie mich unausstehlich nannte und auflegte. Eine Stunde später unterbrach mich Tinker bei der Arbeit. Er hatte dieselben Tips bekommen wie ich und außerdem noch von einem Mann in Fulham gehört, der eine Ladung Antiquitäten aus dem Norden hergeschafft hatte, darunter auch zwei Pistolengarnituren. Das konnte natürlich alles mögliche bedeuten, einschließlich Perkussionschloßwaffen. Ich notierte mir die Adresse und sagte, ich würde mit meinem Rennschlitten demnächst einmal hinfahren.

Es gab zahlreiche Antiquitätenliebhaber in Norfolk, doch nur hundert lebten in Küstennähe, und ich wählte fünf oder sechs aus dem engeren Umkreis der Vogelschutzgebiete aus.

Wie ich meinen Auktionsberichten entnahm, hatte keiner von ihnen innerhalb der letzten zwei Jahre etwas erworben, was auch nur entfernt mit einer Durs-Pistole zu tun hatte. Die meisten schienen sich entweder für Möbel oder für Porzellan zu interessieren; nur einer, ein Geistlicher namens Lagrange, hatte bei einer lokalen Versteigerung unweit des Blakeney-Point-Vogelschutzgebiets eine Perkussionschloßbüchse erstanden.

Als ich drei Stunden später aus meinem Kellerloch wiederauftauchte, war ich fast davon überzeugt, daß in den zwei Jahren vor Eric Fields Tod Durs-Duellpistolen allenfalls unter der Hand den Besitzer gewechselt haben konnten. Also mußten die, die mit der Post aus Norfolk gekommen waren, ein authentischer Fund neuesten Datums sein.

Meine Hände zitterten, und ich genehmigte mir ein Bier. Wenn es nicht Frauen waren, dann waren es Antiquitäten, oder umgekehrt. Ich schaltete das Fernsehgerät ein und betrachtete ein paar Stoffpuppen, die in einem Kinderprogramm miteinander sprachen. Gerade das richtige für mein aufgewühltes Gemüt.

Ich glaubte allmählich selbst an das Judas-Paar.

Denn Antiquitäten-Entdeckungen kommen tatsächlich vor.

Ich habe wertvolle Fayence-Jardinieren aufgestöbert, die als Werkzeugbehälter in einer Garage benutzt wurden. Ich habe gesehen, wie ein zauberhaftes, achteckiges, gestempeltes Doppelriechfläschchen aus Rubinglas mit Silberverschlüssen als Puppennudelholz verwendet wurde und eine Spencerand-Perkins-Repetieruhr als

Gewicht an einer Lotleine hing. Und wenn Sie mir noch nicht glauben, dann fragen Sie doch den Bauern, der es vor vier Jahren so leid war, auf seinem Acker ständig Sarghenkel an die Oberfläche zu pflügen, daß er sich damit an die Behörden wandte. Es waren massivgoldene Hals- und Armringe, die berühmten keltischen Torques. Jetzt bemühen sich Museumsdirektoren aus aller Welt um die Erlaubnis, sie kopieren zu dürfen. Und ich selbst habe vor Jahren einmal einen aus der Zeit Charles I. stammenden silbernen Abendmahlskelch, der mir als alte Zinn-Rasierschale angeboten worden war, erworben. Und den Gewinn behalten. Für den Fair-Play-Unfug des schlechten Gewissens habe ich nichts übrig. Verkauft ist verkauft.

Ich wartete den Abend mit einer kleinen Zigarre ab. Ganz langsam breitete sich die Dunkelheit aus. Ich kehrte das Wohnzimmer und suchte mir mein Abendessen zusammen: Würstchen und Chips und einen Karamelpudding aus unserem Dorfladen. Ich fühlte mich ein bißchen müde und bedrückt, das passiert mir manchmal. Während ich lustlos aufräumte, wurde mir bewußt, wie weltabgeschieden ich hier wohnte. Ich schätze die Einsamkeit, aber nur, wenn mir danach ist.

Ich versuchte Margaret zu erreichen, um ihr zu sagen, daß ich vielleicht bei unserem letzten Gespräch doch etwas grob zu ihr gewesen sei. Sie meldete sich nicht.

Während mein Essen warm wurde, stand ich am dunklen Fenster und beobachtete die Lichter der Autos, die durch das Tal fuhren. Im *White Hart* begann jetzt der Betrieb. Harry, möglicherweise Jane Felsham, Adrian, wahrscheinlich Tinker und mit Sicherheit Dandy Jack, alle würden da sein. Ich zog die Vorhänge zu.

Angenommen, ich fand das dreizehnte Paar. Was dann? Ich hatte Field nicht gefragt. Wer immer sie besaß, hatte Eric Field ermordet. Vermutlich sollte ich in diesem Fall George Field informieren, der seinerseits die Polizei benachrichtigen würde …

Ich schob die Würstchen und die Chips auf einen kalten Teller und bestrich ein paar Scheiben Brot mit Margarine. Der Tee. Ich hatte den Tee vergessen. Ich stellte Wasser auf. Als der Tee fertig war, setzte ich mich seufzend hin, um mein kalt gewordenes Essen zu verzehren.

6

Der nächste Morgen war von der Sorte, die mir gefiel: zwar etwas grau, aber trocken, und es sah so aus, als könnte später die Sonne scheinen. Ich frühstückte und steckte mir zwei Äpfel und eine Birne für unterwegs ein. Mein Unbehagen vom Vorabend war wie weggewischt.

Ich rief George Field an und berichtete, was ich bisher erreicht hatte. Den Hinweis, den ich Muriel verdankte, unterschlug ich ihm und erklärte nur, ich verfolge einige Spuren. Er schien enttäuscht. Vermutlich war er mit Chandlers trickreichem Helden aufgewachsen.

Der Armstrong teilte meinen neugewonnenen Enthusiasmus nicht. Vielleicht wußte er, was für einen weiten Weg wir vor uns hatten. Ich fütterte das Rotkehlchen und wartete, bis sich der Motor von dem Versuch, ihn vor halb zehn zu starten, erholt haben würde. Er funktionierte meist am besten um die Mittagszeit. Merkwürdigerweise zog er auch den Winter dem Sommer und Regen gutem Wetter vor.

Ich bin nicht sentimental. Wegen eines Schrotthaufens kann man nicht sentimental werden, oder? Aber die alte Karre ist mir einfach ans Herz gewachsen, weil sie das einzige Objekt ist, bei dem sich meine Klingel geirrt hat. Ich nahm das Auto in Zahlung, als ich vier kleine Tierbronzen an einen armen, fehlgeleiteten Burschen verkaufte, der sich für Bronzen interessierte. Nur die wenigsten sind ein schöner Anblick; weiß der Himmel, warum manche Leute so darauf stehen. Auf jeden Fall ist ihr Wert allein unter den Händlern in den letzten Jahren um das achtfache gestiegen.

Der Armstrong ist ein offener Tourenwagen mit großen, vorstehenden Scheinwerfern, dessen Verdeck man mit der Hand überziehen muß. Er hat vorn eine Anlaßkurbel, eine Außenbremse, und seine Motorhaube wird von Riemen festgehalten. Nichts an ihm ist automatisch. Er sieht plump und altmodisch aus, aber er ist unverwüstlich. Nur der Benzinverbrauch ist, wie ich schon sagte, erschreckend hoch. Da, wo ein moderner Wagen sein Armaturenbrett hat, sind alle möglichen Meßinstrumente, Knöpfe, Schalter und Griffe angebracht, die ich aus Furcht, er könnte seinen Geist dann ganz aufgeben, nie zu berühren gewagt habe. Ein Problem ist, daß er nur einen Gang zu haben scheint, denn einen Schalthebel gibt es nicht. Oft hupen andere Autofahrer beim Überholen, verärgert über mein Kriechtempo. Ich habe eine knollenförmige Hupe aus Gummi, die ich nie benutze.

Endlich gelang es mir, die Kiste in Gang zu bringen. Während der Fahrt machte ich mir einen Plan für den Tag. Margaret hatte mir Minsmere in Suffolk, Blakeney Point und Cley in Norfolk genannt. Ich würde mir die beiden letzten Orte vornehmen und, falls mich jemand fragte, behaupten, ich sei in Minsmere gewesen. Die sechs Adressen hatte ich bei mir. Von den Vogelschutzgebieten war ich, offen gesagt, enttäuscht. Als ich nach Cley kam, standen ein paar mit wasserdichten Hüten und großen Rommel-Feldstechern ausgerüstete Leute verloren herum und beäugten angestrengt ein sumpfiges Gelände, auf dem sich gar nichts tat. Ihre Besessenheit verwirrte mich. Ich habe nichts gegen Vögel, aber wenn man einen Sperling gesehen hat, kennt man doch alle, oder nicht? Es kann natürlich vorkommen, daß es so ein gefiederter Bursche durch pure Beharrlichkeit schafft, einem vertraut zu werden, wie das bei einigen von denen der Fall war, die meinen Garten bevölkerten. Das ist etwas ganz anderes. Doch wenn man keine spezielle Beziehung zu ihnen hat, ist jegliches Interesse an ihnen Zeitvergeudung, genau wie bei Menschen. Ich fragte einen dieser Typen, was sie denn da betrachteten.

»Austernfischer«, antwortete er. Dabei konnte ich trotz angestrengten Suchens nirgendwo ein Boot entdecken.

»Oh«, erwiderte ich.

Es gab keine Kioske, kein Café, nichts. Und was die Vögel betraf, so hatte mein Garten mehr zu bieten als dieses ganze schlammige Gelände. Es kostete mich viel gutes Zureden, bis der Armstrong wieder zum Leben erwachte und wir weiterbrausen konnten. Ich war steifgefroren.

Durch Muriels lückenhaftes Gedächtnis zu Kopfarbeit im Stile Sherlock Holmes' gezwungen, hatte ich mir einen superklugen Plan zurechtgelegt.

Um ein Paket aufzugeben, braucht man ein Postamt, richtig? Über meine Schläue kichernd, fuhr ich also, – immer in der Hoffnung, eines zu finden, – sämtliche holprigen Feldwege der Umgebung ab, bis ich die Sinnlosigkeit meines Tuns einsah. Etwas später kam ich dann nach Blakeney, und dort gab es nun ein Postamt. Ich war bestürzt. Was machten Privatdetektive in einer solchen Situation? Ich konnte doch nicht gut sagen: »Tag! Wer hat vor etwa einem Jahr, es kann auch sechs Monate vorher oder danach gewesen sein, ein schweres Paket aufgegeben?« So weit war mein Plan nicht gegangen. Ich betrachtete das Postamt von außen, inspizierte anschließend das zweite Vogelparadies, das genauso öde wirkte wie das andere, und stellte fest, daß es in der Nähe keinen Ferienort am Meer gab. Nach flüchtiger Besichtigung des Dorfes – einem reizenden kleinen Kaff mit einem Antiquitätenlädchen und einem Lokal, wo ich zu Mittag aß – gelangte ich zu der Erkenntnis, daß mir die

Vogelschutzgebiete bisher kein Glück gebracht hatten, und fuhr in südlicher Richtung weiter.

Ich mag meine Berufskollegen. Wir stellen vielleicht nicht viel dar, aber wir sind mit Leib und Seele Antiquitätenhändler. Alles andere rangiert an zweiter Stelle. Das heißt, man braucht uns nur mit verbundenen Augen irgendwo auszusetzen, und wir finden instinktiv zum nächsten Kollegen. Ich schwöre, meine Klapperkiste lenkt sich von selbst in die Gegend, in der die meisten Händler anzutreffen sind.

Voll Vertrauen darauf, daß der Armstrong wieder anspringen würde, stand ich in meinem neunten Antiquitätenladen, ohne mich für etwas Bestimmtes zu interessieren, als mein Blick zufällig den Namen »Lagrange« erfaßte. Die Besitzerin des Geschäfts, eine Arztfrau, Mrs. Ellison, war nach hinten gegangen, um ein Aquarell zu suchen, von dem ich gehört hatte, und inzwischen blätterte ich zum Zeitvertreib ihr Rechnungsbuch durch. Lagrange hatte vor ungefähr einem Jahr ein Pistolenpulverhorn bei ihr gekauft, für einen Pappenstiel, wie ich sah. Ich beugte mich schon wieder über ein Kästchen mit Kupfernotgeld, als sie mit dem Bild zurückkehrte. David Cox hatte es signiert. Ich hielt es hoch. Eine gute Arbeit, aber bei mir klingelte es nicht. David Cox unterwies viele Schüler in der Aquarelltechnik, und er hatte die unangenehme Angewohnheit, ihnen ab und zu ein bißchen zu helfen – ein Klecks hier, ein Blatt da. Wenn ihm das fertige Gemälde gefiel, signierte er es und brachte damit das ganze Antiquitätengeschäft durcheinander. Und was noch schlimmer ist, seine Signatur läßt sich kinderleicht fälschen. Vorsicht.

Ich kaufte einen Satz Kupferstücke, um meine Auslagen für den Tag wieder hereinzuholen. Im siebzehnten und achtzehnten Jahrhundert, als Kupfermünzen knapp waren, stellten die Kaufleute ihr eigenes Wechselgeld her, das die Kunden beim nächsten Einkauf wieder loswerden konnten. Es muß ein Alptraum gewesen sein, weil manche Geschäfte nur ihr eigenes Notgeld annahmen, so daß man unter Umständen dreißig verschiedene Geld-Sorten hatte und im einunddreißigsten Laden noch immer nicht das Gewünschte kaufen konnte. Die ersten Kupferstücke dieser Art aus dem siebzehnten Jahrhundert sind etwa halb so groß wie die, die im darauffolgenden Jahrhundert verwendet wurden – ein wichtiger Anhaltspunkt, da viele undatiert sind. Ich kaufte die saubersten, das heißt, die am wenigsten abgenutzten. Suchen Sie von zwei Antiquitäten immer zunächst die am besten erhaltene aus, und das heißt auch, daß es keine Anzeichen für Reparaturen oder Restaurationsversuche gibt. Anschließend erwägen Sie den Seltenheitsgrad. Und dann erst das Alter. Das ist Lovejoys Gesetz für Sammler mit beschränkten Mitteln.

Ich beglich meine Rechnung und wandte mich zum Gehen. »Ach, noch etwas.« Ich tat, als fiele es mir gerade ein. »Haben Sie zufällig ein Pulverhorn?«

»Pulver ... Oh, für Schießpulver?« Ich nickte.

»Nein«, antwortete sie. »Ich hatte vor einiger Zeit einmal eins, aber es war gleich weg.«

»Ich versuche eine Garnitur zu vervollständigen«, erklärte ich. »Sie könnten wohl keines auftreiben, oder? Ich habe nicht viele Möglichkeiten, selbst an eines heranzukommen.«

»Ich weiß nicht ...« begann sie zögernd.

»Selbstverständlich würde ich eine Provision bezahlen«, erbot ich mich. Nach einem kurzen Erfahrungsaustausch über die finanziellen Probleme unseres Berufs sagte sie, daß sie das Pulverhorn einem in der Gegend ansässigen Sammler verkauft habe. Sie gab mir Lagranges Adresse – die, die ich bereits besaß. Ich bedankte mich und reichte ihr meine Karte. »Er ist ein sehr netter Geistlicher«, bemerkte sie und lächelte. »Ein enthusiastischer Sammler.«

»Ich komme entweder noch einmal zurück oder rufe Sie an«, versprach ich und machte mich dann auf den Weg zu Reverend Lagrange. Ein Blick auf meine Straßenkarte zeigte, daß ich etwa fünfzig Kilometer zu fahren hatte.

Das schlimme war, daß ich ein paar Tage lang keine weibliche Gesellschaft gehabt hatte. Das schwächt immer meine Konzentrationsfähigkeit. Ein unguter Zustand.

Meine Gedanken waren bei Sheila, als ich das einfache, von einem handtuchbreiten Grasstreifen umgebene Doppelhaus erreichte, das zwischen sechzig anderen in einer langweiligen Wohnsiedlung stand. Ich fuhr noch hundert Meter weiter, parkte den Wagen an einer Stelle, wo die neue Straße ein leichtes Gefälle hatte, und ging zwischen den Häusern zurück. Eine Kirche konnte ich nirgendwo entdecken. Doch vielleicht war der Reverend erst Vikar und hatte noch keine eigene Pfarrei. Ich klopfte.

Sind Sie schon einmal einer ganzen Serie von Irrtümern zum Opfer gefallen? Es hatte sich herausgestellt, daß Muriel halb so alt war, wie ich erwartet hatte. Und da stand nun dieser Geistliche, dem ich nicht mehr als zweiundzwanzig gegeben hatte. Er war mittleren Alters. Und was noch viel beunruhigender war, ich hatte ihn schon einmal gesehen – vor Muriel Fields Haus. Ich unterdrückte ein unbehagliches Gefühl und zeigte ein unschuldsvolles Lächeln.

»Reverend Lagrange?«

»Ja?« Er gehörte zu den ruhigen, kühl abschätzenden Typen, trug klerikales Schwarz mit Priesterkragen und war nicht übermäßig gepflegt.

»Ich hoffe, ich störe Sie nicht gerade ...«

»Ganz und gar nicht. Was kann ich für Sie tun?«

»Hm ... ich bin einfach auf gut Glück hierhergefahren.«

»Kommen Sie doch hinein.« Ich betrat ein spärlich und billig möbliertes Wohnzimmer, das für kalte Winterabende mit einem kleinen elektrischen Kamin ausgestattet war.

»Es hat nichts mit ... äh ... mit der Seele zu tun«, stammelte ich. »Mich interessieren Antiquitäten, Reverend. Ich war in einem Laden ...«

Seine Augen leuchteten auf, und er legte seine schwarze Bibel weg.

»Setzen Sie sich doch, Mr. ...«

»Lovejoy.«

»Wunderbarer Name«, sagte er lächelnd. Ich fing an, ihn zu mögen. »Was war das für ein Laden?«

Ich sagte es ihm, und seine Augen blickten himmelwärts.

»Ach ja. Ich habe ein Pulverhorn dort gekauft, es war ziemlich teuer.«

Der Himmel vergebe Ihnen, dachte ich feindselig. Es war geschenkt. Ich hätte das Fünffache verlangt.

»Hm«, begann ich. »Habe ich Sie nicht schon einmal irgendwo gesehen?«

»Ich weiß nicht ...«

»Sie kennen nicht zufällig die Fields?«

»O ja. Mein armer Freund.«

»Ich besuchte neulich Mrs. Field, und ich glaube, Sie kamen kurz darauf.«

»Ah, Sie sind der Herr in dem großen Wagen. Natürlich. Ich dachte nämlich auch, daß ich Sie kennen müßte. Haben Sie Ihr

Auto schon mal nachsehen lassen? Ich bin kein Mechaniker, aber der Lärm und der viele Qualm ...«

»Sie waren mit Eric Field befreundet?« unterbrach ich ihn etwas verärgert. Mein Rennwagen stottert vielleicht ein wenig, doch das tat Cäsar auch.

»Ja, er war ein guter alter Freund von mir.« Und er fügte salbungsvoll hinzu: »Ich bemühe mich, Muriel – Mrs. Field – so oft wie möglich zu besuchen, um ihr Trost zu spenden.« Er seufzte.

»Das ist wirklich nett von Ihnen, Reverend«, sagte ich und war eine Sekunde lang sehr bewegt. Doch dann kam ich zum Geschäftlichen.

»Sie werden es sicher ein bißchen unverschämt finden, Reverend«, begann ich in abbittendem Ton. »Aber ich versuche zur Zeit, das Zubehör für eine Waffe zusammenzubringen, die ich besitze ...«

»Oh.« Seine Augen glänzten. »Ein besonderes Stück?«

»Sehr teuer«, antwortete ich mit meiner berühmten Mischung aus Stolz und Bedauern. »Ein Adams-Revolver.«

Sein Interesse erlosch. »Wissen Sie«, meinte er höflich, »Perkussionsschloßwaffen sind nicht mein Spezialgebiet.«

»Steinschloßwaffen etwa?« flüsterte ich bewundernd.

»Hm, ja ... die schon eher. Falls Sie einmal auf Steinschloßwaffen stoßen, wäre ich sehr erfreut, wenn wir uns einigen könnten.«

»Sie sind heutzutage schwer aufzutreiben, Reverend«, sagte ich bekümmert. »Und die Preise steigen allmählich in schwindelerregende Höhen. Ich habe so etwas noch nie erlebt.«

»Sind Sie Händler, Mr. Lovejoy?« fragte er, so als hätte er es nicht längst erraten.

»Ja, aber nur ein ganz kleiner.« Er würde sich bei der Ladenbesitzerin erkundigen, sobald ich fort war. Man soll immer das zugeben, was ohnehin ans Tageslicht kommt. »Ich interessiere mich hauptsächlich für Porzellan.«

Dies wurde mit einem Lächeln honoriert »Ich bin froh, daß wir keine Rivalen auf unserem Sammelgebiet sind.«

»Ich wünschte, ich hätte das Geld dafür«, bekannte ich. »Der Grund, weshalb ich hier bin, ist …«

»Das Pulverhorn?«

Ich wog meine Worte sorgfältig ab für den Fall, daß es tatsächlich zu einem Verkauf kam. »Wenn Sie es noch besitzen, würde ich Ihnen gern ein Angebot machen.«

Zu meiner Überraschung zögerte er.

»Diese Dinger sind ziemlich teuer«, meinte er und schien über den Preis nachzudenken.

Ich stöhnte und nickte. »Wem sagen Sie das?«

»Und Sie brauchen eigentlich ein Pulverhorn, das zu einer Perkussionswaffe paßt …«

»Ach, das ist ein unbedeutendes Detail«, meinte ich leichthin. »Heutzutage verkauft sich alles.«

Ich sank in seiner Wertschätzung in bodenlose Tiefen. In seinen Augen war ich jetzt für alle Zeiten ein zehntklassiger Händler der billigsten, miesesten Sorte. Trotzdem war er noch eine Weile unschlüssig, was den Verkauf anging. Es kostete ihn sichtbar Mühe, hart zu bleiben und höflich abzulehnen. Damit war unser Gespräch beendet. Ich klärte ihn nicht über meinen Besuch bei Muriel Field auf. Er würde sie noch früh genug ausfragen. Ich überlegte, ob Eric wohl mit ihm über das Judas-Paar gesprochen hatte. Sehr unwahrscheinlich. Antiquitätenliebhaber sammeln, um die Dinge zu behalten, nicht, um damit anzugeben.

Während ich zu meinem Wagen ging, nahm ich mir vor, Sheila anzurufen und sie zu bitten, in Lovejoys sehnsuchtsvoll wartende Arme zurückzukehren. In der lauschigen Abenddämmerung würde ich sie vom Bahnhof abholen. Ich plante ein erlesenes Mahl für das reizende Wesen, das ein wenig oder vielleicht sogar viel Glück in mein eintöniges Dasein bringen würde. Ich würde drei von diesen in Klarsichtfolie verpackten Schweinefleischpasteten besorgen, ein Paket tiefgefrorene Erbsen und Möhren, einen Beutel Soße und als Nachtisch Karamelpudding. Wie sollte eine Frau dem widerstehen?

Ich stieg in meine alte Karre und startete sie, indem ich die Handbremse löste, so daß sie ins Rollen kam. Und ich überlegte, ob ich zur Vervollständigung des romantisch-verführerischen Rahmens noch Kerzen zu Hause hatte.

7

Frauen machen unsere rauhe, alte Welt akzeptabel. Sie bringen Freude und einen gewissen Zauber hinein. Deshalb sollte man stets nehmen, was man von ihnen bekommen kann. Ich gebe nichts auf das unsinnige Geschwätz von der Liebe auf den ersten Blick. Liebe muß erschaffen werden. Sie ist das Produkt vieler leidenschaftlicher Stunden. Über Sex und Zärtlichkeit gelangen Mann und Frau ganz allmählich zu einem Punkt, an dem sie das Wesen der Liebe erfassen. Ich arbeite auf dieses Ziel hin, so oft und wo immer ich kann. Problematisch ist dabei nur, woher man jedesmal die nächste Frau nehmen soll. Viele Frauen reagieren auf diese Wahrheit mit eisiger Ablehnung. Auch Cissie tat das. Aus irgendeinem Grund halten Frauen es für nötig, Offenkundiges zu leugnen. Sheila war in diesen Dingen ziemlich verständnisvoll. Ich hatte sie vor einem Jahr bei einer Rallye kennengelernt. Ihr Freund war so beschäftigt, daß er es gar nicht merkte, als sie mit mir fortging. Das heißt nun keineswegs, daß Sheila ein billiges Flittchen wäre. Es ist einfach so: Frauen mögen Männer und Männer mögen Frauen. Also ist es nur natürlich, daß sie ab und zu zusammenkommen. Manchmal ergibt sich das durch Zufall, manchmal nicht. Aber auch wenn sich die Beteiligten einbilden, es sei gesellschaftsfähiger, einander auf einer Teeparty förmlich vorgestellt zu werden, – es läuft doch immer auf das gleiche hinaus.

Sheilas Eltern haben einen Laden in Islington. Ihre Schwester geht noch zur Schule. Sheila gab die Büroarbeit auf, als sie las, daß man einem Schimpansen Maschineschreiben beigebracht hatte. Sie tat sich mit diesem Rallyefahrer zusammen und half ihm in seiner Reparaturwerkstatt. Meist erledigte sie Papierkram, während er mit Zündkerzen und Ventilen herumspielte.

Ich holte sie vom Bahnhof ab.

»Hallo, Lovejoy«, sagte sie kühl.

»Hallo, Sheila.« Ich hatte mich mit einem Blumenstrauß ausgerüstet und stand nun ziemlich hölzern da.

»Schwein.«

»Schatz«, sagte ich lahm, »ich hatte zu tun, versteh das doch.« Ihr blondes Haar schimmerte im Licht der trüben Lampe über uns. »Ich hab dich angerufen, weil ...«

»Ich weiß, warum du angerufen hast.«

»Es war einfach ...« Ich verstummte und hielt ihr statt einer Erklärung den Strauß hin. Sie machte keine Anstalten, ihn zu nehmen.

»Es ist einfach so, daß du mal wieder ein dringendes Bedürfnis verspürst ...«

»Wundervoll ausgedrückt.« Auch die humorvolle Masche brachte mich nicht weiter. Ich hatte Sheila noch nie so erlebt. »Lovejoy.« Ihre Stimme klang sehr nüchtern.

»Ja, Darling?«

»Laß das. Ich will dich etwas fragen: Wenn ich heute nacht nicht bei dir bleibe, – was machst du dann?«

»Ich esse zweifach zu Abend, nehme ein heißes Bad und gehe ins Bett«, behauptete ich.

Sie beäugte mich mit diesem neuen, kühlen Blick, den sie in den letzten beiden Tagen gelernt hatte. Er gefiel mir nicht.

»Lügner«, sagte sie. »Ich kenne dich doch.« Sie nahm mir die Blumen ab und musterte mich seufzend. »Du holst dir aus der nächsten Kneipe irgendein Amateurflittchen mittleren Alters und treibst es mit ihr, wo sie will: im Auto, bei dir, oder auch bei ihr, wenn der Ehemann verreist ist.«

»Was soll das eigentlich? Was habe ich nur verbrochen?«

»Du kannst gar nicht anders, Lovejoy, oder?«

Achselzuckend gab ich klein bei. »Manchmal ist es nicht leicht«, meinte ich.

Sie lächelte und nahm meinen Arm. »Komm schon, du alter Narr«, sagte sie. »Ich bin am verhungern.«

Als wir durch das stille Dorf ratterten, war ich schon wieder bester Stimmung. »Du bekommst gleich ein fürstliches Mahl, mein Engel«, erklärte ich.

»Das bedeutet vermutlich eine von deinen Sägemehlpasteten.«

»Schweinefleisch«, korrigierte ich gekränkt.

»Und zum Dessert Karamelpudding?«

»Natürlich.«

»Wunderbar.«

Ich sah sie an, um etwas zu sagen, und sah, daß sie lachte. »Was ist denn daran so komisch?« fuhr ich sie an.

»Nichts«, prustete sie.

»Hör mal«, entgegnete ich grob. »Schmeckt dir mein Essen nicht? Wenn das so ist, dann kannst du meinetwegen ...«

»N-nein, Lovejoy.« Sie lachte noch immer.

»Ich habe mir große Mühe gegeben«, stellte ich würdevoll fest. »Das tue ich immer.«

»Ich weiß, mein Lieber«, sagte sie. »Sei nicht böse, bitte.«

»Na gut.«

Sie gab mir einen Kuß auf die Wange. »Wollen wir uns wieder vertragen?«

»Einverstanden«, antwortete ich freudig. Ich war froh, daß ihre merkwürdige Stimmung vorbei war.

Am nächsten Morgen wäre ich zu gern in mein Schlupfloch hinuntergeklettert, um ein paar Informationen, die ich auf meiner Fahrt am Vortag gesammelt hatte, in meine Bücher einzutragen, aber da Sheila anwesend war, beschränkte ich mich darauf, mein Notgeld zu katalogisieren. Ein oder zwei der Kupferstücke waren sehr gut. Ich beschloß, einen hohen Preis dafür anzusetzen und dafür eine Annonce in der Zeitung aufzugeben. Den Rest wollte ich mit Hilfe der ortsansässigen Händler verkaufen, sobald die Touristensaison begann.

Sheila beobachtete mich von der Bettcouch aus. »Du bist richtig verliebt in diese Dinger«, sagte sie.

Ich seufzte theatralisch. »Komm mir nicht mit solchen Sentimentalitäten.«

»Es ist doch ganz offensichtlich, daß du vernarrt in sie bist.«

»Und es ist offensichtlich, daß es albern und kitschig ist, verträumte Augen zu bekommen, nur weil wir miteinander geschlafen haben.«

Sie lachte und war kein bißchen verstimmt. »Hast du schon gefrühstückt, Lovejoy?«

»Ja.«

»Wann bist du denn aufgestanden?«

»Um sieben.«

»Hast du den blauen Fleck gesehen?«

»Was für einen blauen Fleck?« Ich fühlte mich schuldig.

»Na, den von neulich – wo du mich im Bad geschlagen hast.«

»Oh.« Ich schaute sie nicht an. »Ich wollte dir längst sagen, daß es mir leid tut.« Und in dem Versuch, mich zu rechtfertigen, fügte ich hinzu: »Weißt du, das Telefongespräch war so wichtig. Ich gebe ja zu, daß ich ein bißchen unbeherrscht war …«

»Komm her, Lovejoy«, sagte sie, und ich wußte, sie lächelte.

»Nein.«

»Komm her«, sagte sie noch einmal, und schließlich gehorchte ich ihr.

Sehen Sie, wie hartnäckig Frauen sind?

Muriel öffnete mir die Tür, elegant wie bei meinem ersten Besuch, aber noch immer sichtbar mitgenommen und nervös. »Verzeihen Sie, daß ich schon wieder störe«, sagte ich.

»Ach, Mr. Lovejoy ... Kommen Sie bitte herein. Oder ... wenn Sie Lust haben, können wir auch in den Garten gehen.« Sie blickte mich an, und ich sah sie zum erstenmal lächeln. Es reichte, um einen ehrbaren Händler in Verwirrung zu setzen.

»Warten Sie. Ich hole meinen Mantel.«

Gleich darauf kam sie heraus und band sich ein Kopftuch um. Ich schloß die Tür hinter ihr, und wir schlenderten auf einen Gärtner zu, der gerade dabei war, kleine Pflanzen aus Blumentöpfen in ein Beet zu setzen.

»Wissen Sie, zur Zeit bin ich über jede Unterbrechung meines Tagesablaufs froh«, sagte sie.

»Mrs. Field ...«

»Muriel.« Sie schob ihren Arm durch den meinen. »Gehen wir hier entlang; ich zeige Ihnen den Teich.«

Eine Frau, die Arm in Arm mit mir spazierengeht, hat eine wundertätige Wirkung auf mein Ego. Ich kam mir vor wie der örtliche Großgrundbesitzer. »Zu mir sagt alle Welt nur Lovejoy.«

Sie lächelte. »Soll ich das auch tun?«

»Ja.« Wir kamen an einem zweiten, schon etwas älteren Gärtner vorbei, der damit beschäftigt war, Pflanzenstengel mit Bast festzubinden.

»Ich verstehe nicht, warum sie das machen«, murmelte ich erbittert.

»Meinen Sie den Gärtner?« flüsterte sie.

»Ja. Warum können sie die verdammten Pflanzen nicht in Ruhe lassen?« Ich war froh, daß ich es gesagt hatte, denn nun lachte sie.

Der Teich entpuppte sich als kleiner See mit einer Treppe und einem Boot. Ein grauer Reiher wartete regungslos auf Beute. Ich schauderte.

»Ist Ihnen kalt?« fragte sie.

»Nein. Es ist nur dieser Bursche da.« Ich wies auf den Reiher. »Er fängt gerade Fische, nicht wahr?«

»Vermutlich.« Sie schien überrascht.

»Können Sie ihm nicht stattdessen Brot geben?« schlug ich vor, was sie wieder belustigte.

»Also, Sie haben wirklich ein weiches Gemüt«, meinte sie.

»Ich fände die Natur schön, wenn sie nicht so ... böse und grausam wäre.«

»Gefällt Ihnen mein Garten nicht, Lovejoy?«

Ich sah mich kritisch um. »Es ist eine halbe Grafschaft, kein Garten. Gehört das alles zum Haus?«

»Natürlich. Achtzig Acres.«

»Ein herrliches Stück Erde«, sagte ich. »Aber jedes Lebewesen hier verfolgt ein anderes, wenn es nicht gerade selbst auf der Flucht ist.«

Diesmal fröstelte sie. »So dürfen Sie nicht reden.«

»Es ist aber die Wahrheit.«

Ihre Hände strichen eine vorwitzige Haarsträhne unter ihr Kopftuch. Frauen haben eine natürliche Grazie in ihren Gesten, ganz gleich, ob sie sich frisieren, Strümpfe anziehen oder eine Zigarette rauchen. Sie merkte, daß ich sie anstarrte. Ich schaute wieder zum Wasser hinüber.

»Lovejoy, was treiben Sie eigentlich?«

»Oh, nicht viel. Ich bin Antiquitätenhändler.« Sie zeigte keinerlei Reaktion. »Ich bin Ihr derzeitiger Aasgeier. Niemand bleibt vor mir verschont. Ich habe sogar Ihren geistlichen Sammlerfreund aufgestöbert, und der wohnt meilenweit von hier entfernt.«

»Reverend Lagrange?«

»Ja.«

»Er hat sich wirklich als guter Freund erwiesen. Eric und er kannten sich schon jahrelang. Doch ich glaube nicht, daß er die gleichen Dinge wie Eric sammelt.«

Das tut niemand, dachte ich neiderfüllt. »Ich habe Ihnen neulich nicht die Wahrheit gesagt.« Nur heraus damit, Lovejoy. Keine halben Dummheiten. Sorg dafür, daß du pleite gehst. »Sie haben es wahrscheinlich gemerkt.«

»Ja.«

Ich betrachtete sie interessiert. »Sind Sie nicht wütend auf mich?«

»Nein.« Sie zupfte ein Blatt von einer dornigen Pflanze, die ihr nichts getan hatte. »Sie sind nicht der erste, der es mit diesem ... auf die Art probiert hat.«

»Mit diesem Trick, wollten Sie sagen, nicht wahr? Seien Sie ehrlich. In der Branche nennen wir ihn die ›Kisten-Tour‹.«

»Kisten-Tour?«

»Ich wollte, ich hätte nicht davon angefangen«, sagte ich.

Achtlos schob sie sich das Blatt zwischen die Zähne und sah mich zusammenzucken.

»Was ist?«

»Ihnen würde das auch nicht gefallen, wenn Sie das Blatt wären. Es ist nicht tot.«

Sie schaute es an und ließ es auf den Boden fallen. »Mein Gott, wie ernähren Sie sich überhaupt, Lovejoy?« fragte sie.

»Wie wir alle, aber das ist unvermeidlich.«

»Was ist das, die Kisten-Tour?«

Ich erklärte es ihr und hatte ein scheußliches Gefühl dabei. Kiste als Synonym für Sarg. Jeder, der stirbt, hinterläßt ein Haus und Antiquitäten, wenn er so reich ist, daß die Zeitungen namentlich über ihn berichten. Im übrigen geben ja auch die trauernden Verwandten eine Todesanzeige auf, um den örtlichen Antiquitätenhändlern einen Gefallen zu tun. Wir besorgen uns ein paar Informationen. Und bevor der arme Dahingeschiedene in seinem Grab kalt ist, besuchen wir wohlwollenden Genossen schon die Hinterbliebenen und behaupten alles, was man uns eventuell abnehmen könnte. Und das ist erstaunlich viel.

»Und … fallen … Witwen darauf herein?« Fasziniert blieb sie stehen.

»Die meisten.«

Die Vorstellung entsetzte sie und weckte zugleich ihre Neugier. »Aber warum geben sie Ihnen …«

»Verkaufen. Nicht geben. Bei der Kisten-Tour wird immer sofort bezahlt. Das macht die Sache legal.«

»Und wenn der Schwindel herauskommt?« Sie zog mich zu einer Bank, und wir setzten uns. Ich betrachtete das Haus auf der anderen Seite des Teiches und den wunderbar angelegten Garten. »Werden Sie hier wohnen bleiben?« fragte ich.

»Nein.«

»Und wohin wollen Sie gehen, Muriel?«

»Oh.« Sie zuckte die Achseln und fragte erneut: »Also, was ist, wenn der Schwindel mit der Kisten-Tour herauskommt?«

»Dann lügt man«, erklärte ich. »Man lügt wie gedruckt. Man behauptet, man habe die Witwe in aller Unschuld aufgesucht und ein paar Erbstücke gezeigt bekommen, weil man für Antiquitäten Interesse bekundet habe. Man sagt, sie verstehe sich aufs Handeln wie ein ausgekochter Profi, und im übrigen habe man den Gegenstand doch bezahlt oder etwa nicht? Sie wird nichts gegen diese Version vorbringen.«

»Woher wissen Sie das so genau?«

Ich blickte ihr in die Augen. »Keine Frau tut das.«

»Haben Sie so etwas auch schon einmal gemacht, Lovejoy?« erkundigte sie sich. Ich nickte.

»Ich glaube Ihnen nicht«, sagte sie.

»Sie müssen mir glauben.«

»Warum?«

»Schauen Sie, Muriel.« Ich stand auf und stieß mit dem Fuß Erde ins Wasser. Es schien ziemlich tief zu sein. »Ich weiß nicht viel von Ihnen, von Ihrer Familie, ich habe keine Ahnung, ob es jemanden gibt, der Ihnen jetzt beisteht. Aber dieser Besitz hier genügt, um alle Händler und Schnorrer in meilenweitem Umkreis zu mobilisieren.«

»Wollen Sie mich warnen?«

»Hören Sie gut zu.« Eigentlich hätte ich meinen Redefluß gern gestoppt, aber ich war einfach nicht mehr zu bremsen. »Wir Händler sind aalglatte Burschen. Einige von uns sind in Ordnung, doch es gibt auch Schwindler, Gauner und Diebe. Und ein paar raffinierte Charmeure, die gut aussehen, Geld zu haben scheinen und jeden Berufsschauspieler übertreffen. Sie reißen sich hemmungslos alles unter den Nagel, was in Ihrem Haus Wert hat, und geben hinterher in ihrer Stammkneipe noch damit an.«

»Sie wollen mich warnen, nicht wahr, Lovejoy?«

Ich hätte sie am liebsten geschüttelt. »Es ist doch ganz egal, was ich will oder nicht will«, sagte ich gereizt. »Sie sollen nur vorsichtig sein und richtig reagieren und nicht jeden Menschen, der an die Tür klopft, ins Haus lassen.«

»Aber Sie sind doch auch auf diese Weise hereingekommen ...« Sie lächelte.

»Das ist es ja eben!« Ich holte Luft und starrte ihr in die unschuldigen Augen. »Sie sind viel zu vertrauensvoll, Muriel. Sie hätten mich neulich unter keinen Umständen einlassen dürfen. Es ist zu riskant. Schauen Sie ...« Allmählich machte mich ihr Lächeln wild. »In diesem großen Haus dort, in dem Sie wohnen, hat Ihr Mann den Tod gefunden.«

»Daran brauchen Sie mich nicht zu erinnern.«

»Offenbar doch.« Ich schrie fast und wußte gar nicht, weshalb ich so aufgebracht war. »Haben Sie denn keine Ahnung ... wer ihn ermordet haben könnte?«

Sie wurde kreidebleich. Die Haut über ihren Wangen straffte sich. »Warum ... warum fragen Sie mich das?«

»Weil ihn irgend jemand getötet haben muß«, sagte ich. »Und weil die Polizei weder den Täter noch ein Motiv gefunden hat.«

»Die Polizei ... sie meinte, es sei sicher ein Einbrecher gewesen.«

»Das denkt sie«, sagte ich. »Aber ist es logisch? Was wurde denn gestohlen?«

»Nun, nichts«, stammelte sie.

»Nicht einmal das eine oder andere antike Stück?«

»Nein. Zumindest glaube ich es nicht.«

»Glaubt es die Polizei?«

»Es war praktisch alles da, was in Erics Listen verzeichnet ist. Sie sind allerdings nicht vollständig. Eric nahm es damit nie so genau.« Sie überlegte. »Mein Schwager sagte nur, daß ein paar Pistolen fehlten. Die, nach denen Sie gefragt haben. Dabei hat die Polizei das Inventar überprüft, als Erics Antiquitäten zu Seddon geschickt wurden. George war sehr aufgebracht und warf der Polizei mangelnde Sorgfalt vor.«

»Na ja«, sagte ich, »auf jeden Fall wohnen Sie in dem Haus, – eine reiche Frau inmitten einer Menge wertvoller Gegenstände, wie ich annehme.«

Sie nickte. »Da ist …«

»Bitte nicht«, flehte ich. »Um Himmels willen, Sie tun genau das, was Sie nicht tun sollten. Sprechen Sie nicht über Ihren Besitz. Lassen Sie die Schlösser auswechseln, die Alarmanlagen verbessern …«

»Mir passiert schon nichts, Lovejoy«, meinte sie lächelnd und gab mir einen Kuß. »Ich finde Sie furchtbar nett.«

»Sie sind sich nicht im klaren darüber, wie geschickt Händler und Sammler sein können«, sagte ich irritiert. »Wir sind zu allem fähig, um das zu bekommen, was wir wollen.«

Ihr Gesicht zeigte wieder einen ernsten, beunruhigten Ausdruck. »Das kann nicht wahr sein.«

»Es ist wahr.« Wir schlenderten weiter. Ich hatte sie offenbar aus der Fassung gebracht.

»Sie wollen mir doch nicht erzählen, daß alle Sammler so sind?« Sie war vor einem weißblühenden Strauch stehengeblieben.

»Doch. Das ist ja gerade das Besondere an ihnen, das Einzigartige. Ihr Mann war bestimmt genauso.«

»Ja – aber er war sowieso ein bißchen exzentrisch.«

»Hüten Sie sich vor Sammlern«, warnte ich noch einmal.

Sie betrachtete mich von der Seite, während wir weitergingen. »Und was ist mit Ihnen, Lovejoy?«

»Ich bin, was Sie betrifft, der schlimmste Händler, den es je gegeben hat«, erklärte ich rauh.

»Das bezweifle ich.«

»Der gierigste, der schlauste und der ungehobeltste«, gestand ich und dachte gleichzeitig: Warum sage ich das bloß? »Sie dürfen mir also keinesfalls trauen. Mir am allerwenigsten.«

»Auch das nehme ich Ihnen nicht ab«, entgegnete sie. »Aber ich werde Ihren Rat befolgen.«

»Gut.« Ich befreite meinen Arm. »Das wär's dann. Madam, ehe ich Sie unter dieser Ulme vergewaltige, schlage ich vor, daß Sie mir die Tür weisen.«

»Ich mag Sie, Lovejoy«, sagte sie.

»Fordern Sie die Gefahr nicht heraus, Muriel.« Ich sah, wie der Reiher zustieß und seine Beute hinunterschlang. »Daß Sie bis jetzt davongekommen sind, will nichts heißen.«

Sie versuchte wieder zu lachen, doch der Tag hatte mit einemmal irgend etwas verloren. Wir warteten noch, bis das gekräuselte Wasser wieder gegen die Stufen schwappte und das vertäute Boot zu schwanken begann, und gingen dann zum Haus zurück.

Seddon, dachte ich. Sie haben seine Antiquitäten bei Seddon versteigern lassen.

8

Sheila berichtete, Dandy Jack und Margaret hätten angerufen, aber keine Nachricht hinterlassen.

»Und außerdem noch so ein komischer Mensch, der irgendwie … manieriert wirkte.«

»Adrian.«

»Du sollst vorbeikommen. Das wär's.« Sie machte besseren Kaffee als ich, und so trank ich ihn anstandshalber. »Wie ist sie?«

»Wer?« Vorsicht, Lovejoy.

»Na, die Frau, bei der du gerade warst.«

»Oh.« Ein kleines bißchen Wahrheit erschien mir jetzt doch angebracht.

»Hübsch?«

»Ja. Ihr Mann kam vor einiger Zeit unter merkwürdigen Umständen ums Leben.«

»War es die Kisten-Tour?«

»In gewisser Weise.« Ich beäugte sie unfreundlich. »Du lernst zu viel, – das ist nicht gut für dich.«

Sie hauchte mir einen Kuß zu. »Ich bin verschwiegen wie ein Grab.«

»Beeil dich«, sagte ich. »Wir gehen zur Arkade und dann zu Adrian.«

Sheila sah zum Anbeißen aus, als wir kurz darauf Dandy Jacks Geschäft betraten. Er hob gerade eine Flasche an den Mund. »Für meine Brust«, erklärte er grinsend. »Hallo, Lovejoy. Setzen Sie sich, Süße.«

Der winzige Laden sah so verkommen aus wie immer. Eine dicke Staubschicht bedeckte alles. »Warum machst du hier nicht mal sauber, Dandy?« fragte ich.

»Oh.« Er grinste. »Na ja, ich tät's schon, nur – dazu braucht man Zeit, nicht wahr?«

Sheila ließ sich vorsichtig auf einem viktorianischen Klavierhocker nieder.

»Hübsches Mädchen hast du da, Lovejoy«, bemerkte er.

»Danke.« Ich erinnerte ihn an seinen Anruf.

»Ach so«, sagte er. »Ja, heute früh hat sich ein Mann telefonisch bei mir gemeldet. Er hatte gehört, daß ich mich wegen Steinschloßwaffen umgehört habe, und wollte wissen, was ich suchte. Hat keinen Namen hinterlassen.«

»Das nützt mir nichts, Dandy.«

»Warte – er fragte nach einem Mr. Lovejoy. Ob der etwa so was vorrätig haben könnte.«

»Wie? Im Ernst?«

»Das war's, was er gesagt hat.«

Das roch nach einem Amateur, der für einen Dritten herumspionierte. Kein Händler würde so direkt vorgehen. Auf dem Rückweg wollte ich zu Margaret hineinschauen, aber ihr Laden war geschlossen. Als nächstes fuhren wir zu Adrian. Er steht eine Stufe über der Arkade – alles sauber und gepflegt, Etiketten an jedem Objekt. Das Angebot des Tages bestand unter anderem aus einer Reihe von Stühlen im Stil Robert Adams – guten Kopien –, einem Mahagoni-Pembroke-Tisch von Gillows – ein bedeutender Name – und verschiedenen byzantinischen Ikonen, die zwischen englischen Aquarellen an den Wänden hingen. Die Wasserfarbentechnik ist übrigens eine vorwiegend englische Kunst. Das Licht auf dem Kontinent ist zu grell. Die seltsam wechselhafte Tönung unserer Landschaften verlieh unseren Malern auf diesem Gebiet eine besondere Spontaneität und Geschicklichkeit. Adrian besaß einen Rowbotham (mäßiger Wert, gute Maltechnik), einen Samuel Palmer (sehr wertvoll, brillant in der Ausführung) und einen winzigen Turner, der bestimmt in weniger als einer Minute entstanden war. Ehrfürchtig berührte ich den Rahmen und zuckte zurück, weil meine Klingel ohrenbetäubend laut schrillte.

»Also, mein lieber Junge«, sagte Adrian gerade, als ich wieder zu mir kam. »Du wirst mir doch nicht erzählen wollen, daß das eine Fälschung ist.«

»Es ist ein vollendeter Turner, Adrian.«

»Ist er nicht süß?« gurrte er, an Sheila gewandt. Sie pflichtete ihm bei, während ich Dolche betrachtete.

»Du hast dich nicht zufällig einmal bei einer der hiesigen Auktionen umgeschaut, Adrian?«

Ich wartete, aber er blieb ganz gelassen. »Das tue ich ständig, mein Lieber.«

»Bei Seddon.« Noch immer keine Regung. »Da bin ich alle vierzehn Tage.« Er lächelte. »Damit ich nie vergesse, wie tief man sinken kann. Sie haben nur zwei Dinge anzubieten: Plunder und minderwertigen Plunder.«

»Du hast dort nicht vielleicht vor ungefähr einem Jahr ein paar Kleinigkeiten gekauft? Eine Kollektion kleiner Kästchen für Spielkarten, frühes neunzehntes Jahrhundert ...?« Meine Lügen kamen mir so glatt wie immer über die Lippen.

»Da hast du Pech, mein Lieber.« Er setzte sich und dachte nach. »Ich habe auch nichts davon gehört.«

»Sollen aus einem Kisten-Tour-Kauf stammen, heißt es.«

Er zeigte sich wohlwollend. »Frag doch Jane Felsham. Das ist eher etwas für sie. Hast du einen Interessenten dafür?«

Kläglich zuckte ich die Achseln. »Ich hätte schon einen, wenn ich die Dinger nur auftreiben könnte. Es sind zehn – teils aus Perlmutt, teils aus schwarzem Lack oder ziseliertem Silber, darunter ist auch eine Silberfiligranarbeit.«

Er pfiff. »Ich kann dein Interesse verstehen. Soll ich mich umhören?«

»Das wäre nett von dir, Adrian, vielen Dank.«

Er flötete einen Gruß und winkte uns mit seiner gepunkteten Krawatte nach.

Seddon ist eins von diesen scheunenartigen Auktionshäusern, die mit alten Möbeln, Wäschemangeln, Matratzen, wackligen Schränken und Stühlen vollgestopft sind. Die Leute gehen dort hin, um bei Versteigerungen zuzuschauen. Händler und Sammler kommen, um sich die gelegentlich auftauchenden guten Stücke herauszuklauben. Da der Handel auf diesem Niveau nicht saisongebunden ist, darf man keinen Termin auslassen, wenn man eines Tages eine kleine Kostbarkeit für ein Butterbrot erstehen will. Und man braucht die entsprechenden Kenntnisse, Erfahrung und einen gewissen Instinkt.

Das seriöse Antiquitätengeschäft ist jahreszeitlichen Schwankungen unterworfen. Es ist viel zu verwickelt, als daß ich mich hier eingehend damit befassen könnte, aber sollten Sie je etwas, was auch nur entfernt einer Antiquität ähnelt, kaufen oder verkaufen wollen, dann beherzigen Sie Lovejoys Gesetz: Verkaufen Sie im Oktober oder November, um die besten Auktionspreise zu bekommen; kaufen Sie zwischen Mai und Anfang September, weil in diesen Monaten die Preise am niedrigsten sind.

Es war Besichtigungstag, der Tag vor der Versteigerung, an dem man herumgeht und über den gräßlichen und viel zu teuren Schund stöhnt. Auf diese Weise vertreibt man Unwissende. Resultat: ein potentieller Käufer weniger. Außerdem verhilft der Besichtigungstag den Angestellten des Hauses zu der Möglichkeit, besondere Gegenstände unter der Hand loszuschlagen. Wir finden diese Praxis beklagenswert, es sei denn, man ist selbst der Begünstigte.

Ich nahm Sheila mit hinein, und wir schlenderten zwischen Hausfrauen und ein paar Vermittlern herum. Tinker war da und kam zu uns. »Glück gehabt?«

»Ja, Lovejoy. Hallo, Miss.«

Sheila begrüßte ihn. Wir ließen sie bei einem Bord voller wertloser Bücher stehen und gingen zu den Möbeln, wo wir ungestört waren.

»Ich hab eine tolle Nachricht für dich, Lovejoy«, sagte Tinker. »Du wirst es nicht glauben ...«

»Du hast zunächst mal eine tolle Fahne«, bemerkte ich.

Er ließ sich nicht beirren. »Ich weiß, was du denkst«, sagte er. »Aber es ist wirklich ein Knüller. Hör zu. Du suchst ein guterhaltenes Pistolenpaar für diesen Field – nicht wahr?« Ich nickte. »Ich hab eine kassettierte Garnitur aufgestöbert, die verkauft werden soll.«

»Wo?« Mein Mund wurde trocken.

»Na ja, eigentlich handelt es sich um einen Tausch.« Tinker zog mich näher zu sich. »Du kennst doch diesen Bootsbauer?«

»Den Kunden von Brad drunten in der Bucht?«

»Genau den. Der sucht einen Interessenten für ein Paar Mortimer-Pistolen.«

»Ich kann es nicht glauben, Tinker.«

»So wahr ich hier stehe. Aber er will außer Bargeld noch ein Selbstladegewehr dafür. Ein englisches.«

Ich fluchte. »Woher zum Teufel soll ich das denn nehmen?« murmelte ich dann. »So ein Ding hab ich seit Jahren nicht zu sehen bekommen.«

Ich besaß eines: ein fünfschüssiges Perkussionsgewehr von Adams. Und ich verwünschte den Bootsbauer, seine Erzeuger und sämtliche Nachkommen, die er sich vielleicht noch erhoffte. Warum können die Leute nicht die Gefühle der Antiquitätenhändler berücksichtigen, bevor sie ihren verdammten, idiotischen Launen nachgeben? Tinker wartete geduldig. »Wann soll die Sache laufen?« fragte ich und gab ihm ein paar Geldscheine.

»Da geht's nach dem Motto ›Wer zuerst kommt, mahlt zuerst‹. Es heißt, daß Brad morgen in aller Frühe zu ihm will. Weiß Brad, daß du ...«

»Alle Welt weiß, daß ich hinter Steinschloßwaffen her bin«, stöhnte ich. Wenn es sich in unserer Branche herumspricht, daß jemand etwas ganz Bestimmtes sucht, dann ist es nur eine Frage der Zeit, bis diejenigen, die den gewünschten Gegenstand haben, es auch erfahren und somit wissen, daß sie die Bedingungen stellen können.

»Ich werde ihn aufsuchen«, sagte ich. Nichts macht einen übellauniger als eine immer näher rückende günstige Gelegenheit, weil gleichzeitig die Gefahr eines Fehlschlages zunimmt.

Ein kleiner Knirps packte mein Bein und quietschte entzückt: »Papa! Papa!« Ich versuchte vergebens, den kleinen Psychopathen abzuschütteln, und mußte mit hochrotem Kopf warten, bis seine atemlose Mutter Entschuldigungen stammelnd herbeistürzte, um mich zu befreien. Als der kleine Irre zu seinem Sportwagen zurückgeschleift wurde, beklagte er sich bitter darüber, daß man ihn um seinen Fund gebracht hatte. Sheila bog sich vor Lachen. Die Tatsache, daß ich ungeheuer verlegen war, machte das Ganze offenbar noch amüsanter.

»Oh, Lovejoy!« sagte sie taumelnd.

»Sehr lustig«, knurrte ich. »Ein großartiger Spaß.«

»Oh, Lovejoy!«

»Paß auf das Arzneischränkchen auf!« Ich konnte gerade noch verhindern, daß sie es vom Tisch stieß.

Sie ergriff sofort die Gelegenheit, mich durch wißbegierige Fragen zu versöhnen. Und obwohl ich das Manöver durchschaute, konnte ich nicht widerstehen. Das Schränkchen war ein recht simples Stück, aber man findet sie heutzutage nur noch sehr selten.

Sie enthalten rechteckige Flaschen und filzverkleidete Fächer für Pillen und Arzneien und standen meist auf einer Kommode. Man verordnete sich im Krankheitsfall entweder selbst etwas daraus oder zog den Apotheker, den Vorläufer des praktischen Arztes, zu Rate. Ich wundere mich immer wieder darüber, daß diese eleganten kleinen Schränkchen gegenwärtig so billig sind. Zudem legen skrupellose Händler allen möglichen Plunder hinein. In diesem fand sich ein verbogener, ziselierter Schraubenzieher, und die eigentlich zugehörige Apothekerwaage hatte man durch eine alte Goldwaage ersetzt. Verächtlich schnaubend äußerte ich meine Meinung, und Sheila hörte mir scheinbar ungeheuer gefesselt zu und nickte an den passenden Stellen.

»Falls ich mal jemanden dabei erwische, daß er so was tut, Liebling, schmettere ich ihm den Kasten auf den Kopf«, versprach sie, während wir herumschlenderten.

»Das wirst du schön bleibenlassen! Schlag ihm einen Backstein auf den Kopf und bring den Kasten zu mir.«

»Für dich tu ich alles, Lovejoy.«

Nach einer Stunde protestierte Sheila. »Wir drehen eine Runde nach der anderen«, klagte sie und setzte sich, um einen ihrer Schuhe auszuziehen und ihren Fuß zu reiben.

»Halt den Mund«, sagte ich und ging weiter. Jim, einer der älteren Angestellten, lachte wiehernd.

»Galant wie immer, he, Lovejoy?«

Doch ich brachte gleich eine Ausrede vor. »Dieser Plunder muß einen ja nervös machen, er könnte einen Heiligen zum Fluchen bringen«, murrte ich. »Ich habe nie mehr so viel Schund gesehen, seit die Sachen von Fields hier versteigert wurden.«

Er war gekränkt. »An dem Tag haben wir ein paar gute Stücke verkauft«, sagte er.

»Nichts mehr davon hier, oder?« fragte ich wie beiläufig. Er grinste. »Mann, das ist doch schon Ewigkeiten her.«

»Oh, man weiß ja nie ...« ließ ich wie nebenbei fallen. Er schüttelte den Kopf. »Nein – bei der Auktion ging es absolut korrekt zu«, erklärte er bedauernd. »Die Sachen waren fast alle innerhalb einer Woche weg.«

»Es war nur so eine Idee, Jim. Ab und zu bleibt schon mal etwas übrig.«

Kurz darauf ging ich mit Sheila zum Wagen zurück. »Wir haben noch einen Besuch zu machen«, sagte ich.

Sie seufzte. »Wohin fahren wir?«

»Zur Bucht runter.«

»Ist es ein Tip von Tinker?«

»Du hast es gemerkt, wie?«

»Es war zu offensichtlich, Lovejoy.«

Das fand ich sehr beunruhigend. War Tinkers Loyalität wirklich über jeden Zweifel erhaben? Ich zahlte ihm mehr, als in der Branche üblich war. Zweimal hatte ich eine Bürgschaft für ihn entrichtet und ihn einmal davor bewahrt, von ein paar Halbstarken zusammengeschlagen zu werden. Doch man konnte nie wissen. Aber war es überhaupt Mißtrauen, das meinen Seelenfrieden so beeinträchtigte? Irgend etwas Störendes blieb in meinem Gedächtnis haften. Etwas, was ich gesehen hatte.

Bald danach hatten wir die Bucht erreicht. Außer vier Bootsbauerschuppen aus Wellblech und ein paar Booten, die neben dem Pier auf dem Schlamm lagen, gab es nicht viel zu sehen. Barton bearbeitete gerade ein Stück Holz mit dem Hobel. Er hatte das Licht eingeschaltet, obwohl es noch heller Tag war. Man soll einen Handwerker nie unterbrechen, also wartete ich.

»Hallo, Lovejoy.« Er hielt inne und nickte Sheila zu.

»Wann gibst du diesen Quatsch mit den Booten auf, Dick?« Er zündete sich seine Pfeife an. »Soll ich vielleicht auch mit Antiquitäten handeln?«

»Warum nicht«, meinte ich. »Du könntest als Juniorpartner mit einem Jahresgehalt bei mir anfangen.«

»Ich brauche eine richtige Arbeit«, erklärte er und zwinkerte Sheila zu. Sie war entzückt von ihm.

»Na, wenn ich es mir noch mal überlege, glaube ich gar nicht, daß du dem Streß gewachsen wärst.« Ich wandte mich an Sheila. »Weißt du, diese ungesunde Luft am Wasser …«

»Nach Einbruch der Dunkelheit verwandle ich mich in einen Mann«, versicherte er Sheila feierlich. »Wenn Sie diesen Trottel einmal loswerden wollen, dann geben Sie mir Bescheid …«

Als ich ihn auf Steinschloßwaffen ansprach, schwieg er zuerst eine Weile. Diese Pfeifenraucher haben uns etwas voraus. Wenn sie in Ruhe überlegen wollen, dann holen sie ihre Pfeife heraus und ziehen das Ritual so weit in die Länge, wie es ihnen angebracht erscheint.

Endlich war er soweit. »Steinschloßwaffen«, sagte er. »Tja, selten heutzutage.«

»Wem erzählst du das! Und sehr begehrt. Und kostspielig.«

»O ja.« Er starrte vor sich hin. »Ich habe zwei Sandwell – und die Mortimer-Pistolen. Die Mortimer-Pistolen gebe ich ab, aber ich möchte dafür ein englisches Selbstladegewehr.«

»Und den Rest in bar.«

»So ungefähr habe ich es mir gedacht. Die Mortimer-Pistolen sind in tadellosem Zustand. Komplett mit Kassette.« Wieder zwinkerte er Sheila zu. »Du wirst bestimmt nicht enttäuscht sein.«

»Hör zu, Dick.« Ich schöpfte tief Atem. »Ich kann dir so ein Gewehr besorgen. Es hat lediglich eine kaputte Feder. Ansonsten ist es in Ordnung.«

»Von wem stammt es?«

»Von Adams. Fünfschüssig. Ein schönes Stück.« Er überlegte eine Sekunde. »Wie würde der Wertunterschied ausgeglichen?«

»Da du ein naher Verwandter bist«, antwortete ich gequält, »werde ich die Differenz bezahlen.«

»Dann wollen wir die Sache morgen erledigen«, sagte er, und wir gaben uns die Hände.

Sheila stand auf. »Und mehr passiert nicht?« Sie war offenbar enttäuscht.

»Was verlangst du denn noch, willst du Blut sehen?« fragte ich sie. Ich war in Schweiß gebadet, wie immer, wenn mich ein bevorstehender Geschäftsabschluß in Erregung versetzte. Mit etwas Glück und Geld würde ich morgen zwei von Henry Walklate Mortimer, dem aristokratischsten und teuersten der großen Londoner Büchsenmacher, angefertigte Steinschloßpistolen besitzen.

»Schönen Dank für deinen Besuch, Lovejoy.« Dick begleitete uns zur Tür. »Du hast deinen Luftverpester ja immer noch, wie ich sehe.«

»Noch einen Witz über mein Auto, und der Handel fliegt auf«, schoß ich zurück. »Zumindest hab ich eine Zulassung dafür. Hast du eine für dieses Ding da?« Ich deutete auf seine Pfeife. »Bring deine entzückende Freundin bald wieder mal mit, Lovejoy«, rief er, worauf ich nur noch eine grobe Erwiderung hatte.

Trotz aller Bemühungen sprang die verdammte Mühle nicht an. Dick beschaffte uns drei belustigte Helfer, die uns unter Pfiffen und spöttischen Bemerkungen anschoben.

»Warum läßt du keinen Motor einbauen, Lovejoy?« brüllte uns Dick noch nach, als wir endlich losfuhren. Ich antwortete ihm nicht, denn ich war käsebleich, und meine Zähne klapperten. »Schatz, ist dir nicht gut?« fragte Sheila.

»Halt die Klappe«, zischte ich, den Fuß fest auf dem Gaspedal. Die Nadel flatterte bis auf dreißig hinauf. Es war spät geworden; man brauchte schon beinahe Licht.

»Was ist los? Liebling, um Himmels willen ...«

»Dieser idiotische Wagen!« Ich schrie fast. »Warum zum Teufel kaufe ich mir keinen neuen?«

»Darling, willst du nicht lieber mich ans Steuer lassen?«

»Halt den Mund ...« Meine Hände waren eiskalt.

»Bitte, Lieber. Du machst mir Angst. Was hast du nur?«

»Mir ist etwas eingefallen. Dieser verdammte Kasten!«

»Was für ein Kasten?«

»Das Arzneischränkchen! Es ist etwas drin ... ein ... ein ...« Das Wort fiel mir nicht ein.

»Meinst du eins der Fläschchen? Oder die kleine Waage?« Ich schüttelte den Kopf. »Das andere Ding«.

»Du sagtest, das sei der typische Plunder, den die Versteigerer reinlegen, damit der Kasten komplett wirkt. War es nicht ein Schraubenzieher?«

»Richtig! Und mir fiel auf, daß er den Metallschimmer zeigte, wie man ihn bei Gegenständen beobachten kann, die lange Zeit in einem verschlossenen Kasten gelegen haben. Wer packt denn schon einen ordinären Schraubenzieher in einen mit Filz ausgeschlagenen Kasten, um ihn ein Jahrhundert lang zu verwahren?« Völlig außer mir verfluchte und beschwor ich den altersschwachen Motor. »Und der Griff war ziseliert, ziseliert wie eine Durs-Pistole! Allmächtiger Gott, gib, daß sie noch offen haben!«

»Wann machen sie zu?« fragte Sheila. »Um halb fünf.«

»Es ist zwanzig nach vier.«

»Das Schwein geht bestimmt früh. Das machen die faulen Dreckskerle immer.«

Tatsächlich war bei Seddon alles verschlossen und dunkel, als wir mit quietschenden Reifen davor hielten.

»Er ist fort.« Ich war verzweifelt und völlig erledigt.

Sheila stieg aus und begann resolut gegen die Eingangstür zu hämmern. Ich hatte mich gerade zu ihr gesellt, als man uns öffnete. Mir wurde schwindlig vor Erleichterung.

»Was zum Teufel ...«

»Jim«, sagte ich zittrig. »Ich bin's. Lovejoy.«

»Bis morgen geschlossen.«

»Nicht für mich, das wirst du mir doch nicht antun.« Ich zog einen Geldschein heraus. »Nur eine Frage, Jim.«

Er beäugte den Schein und nickte. Ich gab ihm das Geld. »Erlaubst du mir, daß ich schnell meine Nagelfeile suche? Ich habe sie vor ungefähr einer Stunde im Ausstellungsraum fallen lassen.«

Als Sheila sein verdutztes Zögern bemerkte, kam sie mir zu Hilfe. »Es ist eigentlich meine Nagelfeile«, erklärte sie. »Sie gehört zu einem Etui, verstehen Sie?«

»Ja, Miss, aber Händler dürfen um die Zeit nicht ...«

»Ich weiß genau, wo sie ist, Jim«, sagte ich, jetzt schon wesentlich ruhiger. »Ich wette mit dir um fünf von diesen Scheinen, daß ich sie in drei Sekunden gefunden habe.« Das war ein Fehler. Er wurde mißtrauisch.

»Nichts da, Lovejoy.« Er machte Anstalten, die Tür zu schließen. »Ich lasse mich auf keine von deinen krummen Touren ein ...«

»Lovejoy, du bleibst hier«, sagte Sheila streng. »Du bist immer so abrupt. Der Gentleman hat dich darauf hingewiesen, daß Händler um diese Zeit nicht mehr reindürfen, also wartest du hier und damit basta.« Von weiblichem Selbstbewußtsein beflügelt, schlüpfte sie an Jim vorbei, der sie ergeben nach hinten begleitete. Ich hörte Schlüssel rasseln, als er den Ausstellungsraum aufsperrte.

Etwa fünf Minuten mußte ich auf dem Gehsteig ausharren, bevor Sheila wieder erschien.

»Vielen herzlichen Dank«, sagte sie zu dem alten Jim. »Das war sehr nett von Ihnen. Gute Nacht.«

Ich wollte Jim mit einem Grinsen erfreuen, aber für meine Freundlichkeiten hatte er offenbar keinen Sinn. Er knallte die Tür zu, und Sheila ging zum Wagen. »Ich hab ihn hier drin«, sagte sie und streifte den Riemen ihrer Umhängetasche über ihre Schulter. »Laß vorerst die Finger davon, damit Jim nichts sieht.«

Sie war wirklich sehr schlau. Zweifellos würde ihr der alte Jim lüsterne Blicke nachschicken. Mit bebenden Händen brachte ich den

Wagen in Gang. Wir rumpelten die Anhöhe hinauf, und sobald wir außer Sicht waren, hielt ich an. Dabei blockierte ich für einen Moment die Ausfahrt eines Parkplatzes, aber ich glaube, es machte den Leuten gar nicht so viel aus, plötzlich bremsen zu müssen. Muriel Field saß am Steuer eines grauen Rover, neben sich Lagrange, doch ich hatte keine Zeit für einen kleinen Schwatz. Schließlich besaß sie ja keine Antiquitäten mehr. Im Gegensatz zu Sheila, die das wertvolle Stück jetzt aus ihrer Tasche holte. Ich trug es in das Licht der Laternen am Kriegerdenkmal. Es war ein Durs-Schraubenzieher, der sonderbarste, den ich je gesehen hatte, aber echt, auf dem Griff ziseliert – Schraffuren und Sterne – und vielleicht zwölf Zentimeter lang.

»Ich fürchte, ich muß dir etwas beichten, Lovejoy«, sagte Sheila.

»Was denn?«

»Ich habe ihn … ich hab ihn gestohlen.« Sie wich mir aus, als ich sie lachend zu umarmen versuchte. »Versprich mir etwas.«

»Was denn? Ich versprech dir alles, was du willst.«

»Daß du ihn morgen bezahlst.«

»Du bist verrückt.«

»Versprich's mir, Lovejoy.«

Ich seufzte. »Ich verspreche es.« Ich gab ihr unter der Laterne des Kriegerdenkmals einen Kuß, ohne mich um die Fußgänger zu kümmern. Eine Hupe ertönte. Adrian und Jane fuhren an uns vorbei. »Da. Zur Belohnung darfst du das ehrenvolle Amt übernehmen, den Fund heimzutragen.«

»Ist er wirklich so wichtig, Lovejoy?« Ich gab ihr den Schraubenzieher, und sie ließ ihn in ihre Handtasche gleiten.

»Ziemlich«, sagte ich.

9

Ich setzte Sheila am Bahnhof ab. Sie war bei irgendeiner lausigen Zeitung beschäftigt und mußte zur Arbeit, die Ärmste.

»Am Sonntag komme ich«, sagte sie, und ich nickte. Sie wartete. »Nun?«

»Was denn?«

»Begleitest du mich nicht auf den Bahnsteig?«

»Ich trau mich nicht, meinen Fuß von diesem Pedal zu nehmen, weil der Motor sonst nie mehr anspringt«, erklärte ich.

Sie kam zu mir herüber und küßte mich. »Weißt du, Lovejoy«, meinte sie, »für den bedeutendsten Antiquitätenhändler der Welt bist du ein ganz schöner Trottel.«

»Dein Argot ist veraltet.«

»Jeder Versuch zu sticheln ist zwecklos«, erwiderte sie völlig ungerührt. »Du bist dabei, dich in mich zu verlieben, Lovejoy.«

»Hör zu«, sagte ich gereizt. »Es kostet mich ein Vermögen an Benzin, mit durchgedrücktem Gaspedal hier herumzusitzen, während du dummes Zeug redest ...« Sie legte die Arme um mich und hielt mich fest umschlungen. Dies, wohlgemerkt, um zehn Uhr morgens vor den Augen des grinsenden Zeitungsverkäufers und der faszinierten Kioskbesitzerin.

»Ich muß dir ein Geheimnis enthüllen, Lovejoy.«

»Du bist doch nicht ...?«

»Natürlich nicht!« Sie griff unter das Armaturenbrett vor mir. »Nimm deinen Fuß vom Gaspedal.«

»Ich kann nicht. Der Motor würde sofort seinen Geist aufgeben.«

»Bitte.«

Ich tat ihr den Gefallen. Kurz bevor der Motor hustend verstummte, griff sie neben die Steuersäule und drehte an irgend etwas, worauf ein gedämpftes, regelmäßiges Schnurren einsetzte. Sie trat zurück. »So!«

Ich saß wie magnetisiert auf meinem Platz.

»Na«, fragte sie, »wie wär's jetzt mit einer kleinen Probefahrt?«

»Hm ...«

»Rutsch rüber.« Sie schob mich auf die andere Seite. »Überlaß das dem Fachmann, Schatz«, meinte sie wohlwollend, betätigte irgendwo einen Schalter und riß an einer angewinkelten Stange neben ihrem Knie.

Wir fuhren ab. Der Start fegte mich fast vom Sitz. Mein alter Armstrong brauste ohne jede Anstrengung durch die Straßen, und Sheila nahm den Hügel beim Krankenhaus mit achtzig. Etwa drei Minuten später waren wir auf der A 12, wo ihn Sheila glatt auf hundertzehn hochtrieb. Felder und Bäume flitzten vorüber. Der Wind zerrte an meinem Gesicht und preßte Sheilas wehendes Haar gegen ihre Schläfen. Das Abzweigschild nach Kelvedon schoß an uns vorbei. Ich wußte nicht, wie mir geschah. Sheila scherte in die mittlere Fahrbahn aus und vollführte mysteriöse Handgriffe an den Hebeln. Wir beschleunigten, überholten eine Wagenkolonne, dann flatterte die Tachonadel wieder auf hundertzehn herunter. Man merkte kaum eine Erschütterung. Eine Sekunde später waren wir in Witham. Sheila fuhr zum Bahnhof und stellte den Motor ab.

»Tee, Chef?«

In der Nähe war eine Imbißbude. Ich nickte und stieg mit zittrigen Knien aus. Wir standen schweigend da und schlürften unseren Tee aus angeschlagenen Tassen. Wie so viele Frauen schaffte es auch Sheila irgendwie, kochendheiße Flüssigkeiten zu trinken, ohne sich die Speiseröhre zu verbrennen. Ich brauchte zehn Minuten, um in kleinen Schlucken meinen Tee auszutrinken, und dabei starrte ich immer wieder wie gebannt den Armstrong an, überlegte und wunderte mich. »Hast du das gestern abend herausgefunden?« brachte ich schließlich heraus.

»Ja. Mein armer Liebling.« Sie nahm meine Hand. »War es ... wirklich so naheliegend?«

»Ziemlich, Lovejoy«, bestätigte sie mitfühlend. »Ein schwerer Wagen wie der, so alt, angeblich nur ein Gang, phantastischer Benzinverbrauch, keinerlei Geschwindigkeit, all die vielen Hebel und Knöpfe ...«

»Wann hast du denn angefangen, so etwas zu vermuten?«

»Gestern, als wir versuchten, noch vor Ladenschluß zu Seddon zu kommen.« Sie lächelte. »Und als du dann mit den Vorbereitungen für unser gewohntes, phantastisches Abendessen beschäftigt warst ...«

»Was hast du an meinem Abendessen auszusetzen?« fragte ich zornig.

»Nichts, Schatz«, antwortete sie hastig. »Gar nichts. Diese Pasteten sind köstlich, und ich freue mich immer richtig auf den Karamelpudding. Aber ich mußte mir doch mit irgend etwas die Zeit vertreiben, während du ... hm ... in der Küche tätig warst, oder?«

»Und ich dachte, du wolltest ihn bloß ein bißchen saubermachen«, sagte ich bitter.

»Es ist im Grund gar nicht mein Verdienst«, erklärte sie besänftigend. »Du selbst hast mich darauf gebracht. Mit der Bemerkung, der Wagen sei der einzige Irrtum deiner komischen Klingel. Das hat mich nachdenklich gemacht. Und so hab ich eben an ein paar Knöpfen gedreht und ...«

»Wußtest du die ganze Zeit, daß es sich um eine Spezialausführung handelt?«

»Nein, Liebling. Wirklich nicht.«

Ich sah sie mißtrauisch an. Manchmal sind Frauen nicht unbedingt aufrichtig. »Ich habe das Gefühl, du lügst schamlos«, sagte ich. »Weißt du was?«

Sie blickte mich erwartungsvoll an.

»Ich glaube, ich bin tatsächlich dabei, mich in dich zu verlieben.«

Sie musterte mich ein paar Minuten lang. »Das war aber auch Zeit, Lovejoy«, meinte sie. »Wir leiden beide an Unterernährung wegen dieser Festmähler, die du immer veranstaltest. Ich bringe am Sonntag meine Sachen mit und bleibe, solange es mit uns gutgeht.«

»Ich hole dich vom Bahnhof ab, vorausgesetzt, daß ich den Wagen jetzt in Gang kriege.«

Sie zeigte mir einen Hebel, den ich herunterdrücken mußte, und ich erfuhr, daß ich über fünf Gänge und einen Rückwärtsgang verfügte. Ich kam mir wie ein Anfänger vor, während sie mir alles erklärte.

Dann klopfte der Mann von der Imbißstube an sein Fenster. »Der Zug nach London, Miss«, rief er uns zu.

»Ja, das wär's dann, Lovejoy.« Sie strich ihr Haar zurück und griff nach ihrem Handkoffer.

»Ich liebe dich.« Ich nahm sie in die Arme. »Gib mir einen Kuß, Schatz.«

Der Zug kam, und sie stieg ein. »Fahr vorsichtig mit diesem Ungeheuer«, rief sie. Es waren ihre letzten Worte an mich.

Der Imbißbudenmann betrachtete gerade den Armstrong, als ich zurückkam. »Einsame Klasse, was Sie da haben«, sagte er.

»Ja. Nicht schlecht.« Ich trat gegen einen Reifen.

»Ich meinte Ihre junge Dame.«

»O ja. Die auch.«

Ich befolgte Sheilas Instruktionen und schoß gleich darauf mit der atemberaubenden, kühnen Geschwindigkeit von fünfundsiebzig Sachen über die Autostraße. Der Armstrong – war es überhaupt noch der Armstrong? – spuckte nicht ein einziges Mal. Stilvoll, mit lässiger Eleganz, brachte ich den Wagen vor George Fields Haus zum stehen.

Es war mir allmählich klargeworden, daß sich der Wohlstand in der Fieldschen Familie ungleichmäßig verteilte. Auf der einen Seite gab es den reichen Eric, dem ein Herrensitz mit achtzig Acres gepflegter Rasenflächen gehörte; auf der anderen Seite war George mit seinem Einfamilienhäuschen und dem kleinen Ford davor. Dennoch hatte George bereits eine Handvoll Geldscheine in meine Detektivarbeit investiert und mir für etwas, was vielleicht nur ein Hirngespinst war, noch viele solcher zauberhaften Scheine versprochen.

Er kam selbst zur Tür, – vermutlich in Erwartung großer Neuigkeiten, denn es war offenkundig eine Enttäuschung für ihn, als ich ihm sagte, ich wolle ihm lediglich über meine Fortschritte berichten. Wir gingen ins Wohnzimmer, und er bat seine Frau, die wie eine rundliche, weibliche Ausgabe seiner selbst aussah, Kaffee zu bringen. Dann erzählte ich ihm auszugsweise, was sich inzwischen ergeben hatte, und erwähnte vorsichtig meine Besuche bei Muriel.

»Es freut mich, daß es ihr endlich ein bißchen besser geht«, meinte Mrs. Field und fügte seufzend hinzu, der Tod des armen Eric sei ein schwerer Schicksalsschlag für Muriel gewesen.

Ich berichtete George von meinem Fund und reichte ihm den Schraubenzieher. »Haben Sie den schon einmal gesehen?«

Er setzte seine Brille auf. »Das könnte ich unmöglich sagen«, antwortete er. »Sie wissen, ich habe mich für den Inhalt der Kassette nie besonders interessiert.«

»Na gut«, sagte ich. »Das Paket mit der Kassette scheint übrigens von einem Ort aus abgeschickt worden zu sein, der in der Nähe eines Vogelschutzgebiets und eines Badeorts liegt. Ich muß den Mann finden, der sie Ihrem Bruder verkauft hat, und in Erfahrung bringen, wer sonst noch über ihren Verbleib unterrichtet war.«

»Wissen Sie«, meinte George mit sorgenvoller Miene, »der arme Eric war nicht der Mann, der solche Erwerbungen verschwiegen oder versteckt hätte. Er liebte Gesellschaft und hatte oft Freunde zu Besuch ...«

»Freunde?« unterbrach ich ihn. »Sammler?«

»O ja. Und Händler.«

»Es gibt also vermutlich viele Leute, die diese Pistolen gesehen haben?«

»Bestimmt.« Ich verabschiedete mich, und George begleitete mich zur Tür. »Hören Sie«, begann ich zögernd. »Bitte, halten Sie mich nicht für unverschämt, Mr. Field, aber ...«

»Ja?«

»Nun ...«

Er begann zu begreifen. »Sie fragen sich, woher ich das viele Geld nehme, Lovejoy«, bemerkte er mit einem Lächeln. »Ja, also – mit meinem Schuhgeschäft habe ich zwar keine Reichtümer erwerben können, wie es Eric als Grundstücksmakler gelungen ist, aber ich bin ein vorsichtiger Mann. Ich habe einige Ersparnisse, eine Lebensversicherung. Und die Hypothek auf das Haus ist fast abgetragen. Ich konnte eine neue aufnehmen. Sie brauchen keine Angst zu haben, daß am Ende kein Geld da ist. Schließlich sind die Judas-Pistolen die einzigen Beweisstücke, nicht wahr? Wenn es uns gelingt, sie demjenigen, dem der ... Mörder ... sie verkauft hat, abzukaufen, dann kann man diesen Verbrecher überführen.«

»Mr. Field ...« Ich räusperte mich. »Wollen Sie damit sagen, daß Sie jetzt, wo Sie endlich sorglos leben könnten, alles aufgeben und wieder von vorn anfangen wollen, nur um ...«

»Sprechen Sie es nicht aus, Lovejoy«, bat er. »Was meinem Bruder zugestoßen ist, das kann ich nicht hinnehmen, Raub und Mord sind auch heutzutage noch entsetzliche Verbrechen.«

Tief beeindruckt murmelte ich ein paar passende Worte und fuhr los. Haben Sie irgendwann einmal das Gefühl gehabt, Sie seien dabei, Ihren Glauben an die Menschheit zu verlieren?

Mit dem Cottage stimmte etwas nicht. Manchmal hat man solche Ahnungen, ohne daß es konkrete Hinweise gibt. Ich hatte die Alarmanlage nicht eingeschaltet, weil ich ursprünglich vor meinem Besuch bei George Field noch einmal nach Hause fahren wollte, um das Adams-Gewehr abzuholen und den Handel mit Dick Barton perfekt zu machen. Wenn Sheila nicht so viel technische Begabung entfaltet hätte, wäre ich rechtzeitig vom Bahnhof zurück gewesen, um den Einbruch zu verhindern. Denn es war ein Einbruch. So etwas riecht man.

Natürlich hatte ich schon einschlägige Erfahrungen. Zeigen Sie mir den Antiquitätenhändler, bei dem noch nie eingebrochen worden ist. Das ist für uns ein Berufsrisiko, dem ich normalerweise mit umfangreichen Sicherheitsvorkehrungen zu begegnen suche. Und jetzt war die sündhaft teure Alamanlage nicht einmal in Betrieb gewesen. Geschieht mir recht, dachte ich, während ich ums

Haus schlich, um festzustellen, ob der Einbrecher wirklich weg war.

Auf der Türmatte lagen ein paar an Sheila adressierte Briefe, also war die Postbotin zur gewohnten Zeit gekommen. Einen Augenblick lang wiegte ich mich in der Hoffnung, daß ihr Erscheinen ihn verscheucht haben könnte, da ich zunächst den Eindruck hatte, es sei alles an seinem Platz. Auch der Teppich über der Falltür war gottlob nicht verrutscht. Doch ich entdeckte sehr schnell, daß meine Kaminuhr verschwunden war.

Ich schäumte vor Wut. Die Uhr hatte ich von einer notleidenden alten Witwe für ein Pfund erstanden – in einem meiner menschenfreundlichen Momente, denn sonst hätte ich sie auf ein paar Pence heruntergehandelt. Die bodenlose Unverschämtheit dieses Subjekts, hier einfach hereinzuspazieren, jeden interessanten Gegenstand zu betasten und dann eine seltene Antiquität von unschätzbarem Wert wegzuschleppen, machte mich im physischen Sinn des Wortes krank. Ich rief unseren wachsamen Constabler Geoffrey an, der sich glücklicherweise in seinem Dienstraum aufhielt, vermutlich, weil er gerade noch mit seinem Morgenschläfchen beschäftigt gewesen war. Er zeigte sich ungeheuer mitfühlend.

»Wenn Sie mit dem Lachen fertig sind«, knurrte ich, »dann beschaffen Sie mir meine Uhr wieder.«

»Geschätzter Wert?«

»Sechshundert Pfund«, erklärte ich fest.

»Wie? Habe ich … habe ich recht gehört?« Er lachte erneut und diesmal noch lauter.

»Na ja, vielleicht dreihundert.«

»Sie meinen ungefähr achtzig.«

»Neunzig.«

»Bei aller Freundschaft, Lovejoy«, sagte er bedauernd, »mehr als fünfundachtzig sind nicht drin.«

»Aber das ist doch glatter Diebstahl ...«

»Das können Sie mit den Leuten von der Versicherung aushandeln«, meinte er. »Wie ist er übrigens in Ihr Haus gekommen?«

»Ich schau mal nach. Bleiben Sie dran.«

Aus der Fensterscheibe war in der Nähe des Griffs ein Stück herausgeschnitten. Das Fenster ging auf die Rückseite des Gartens hinaus und war leicht zu erreichen. Ich informierte Geoffrey, und er meinte, das sei das übliche Verfahren, und erkundigte sich dann nach meiner Alarmanlage, die für teures Geld mit seinem Dienstraum verbunden worden sei. Ich erklärte ihm, daß ich es am Morgen eilig gehabt hätte.

»Danke, Lovejoy«, erwiderte er zynisch. »Wir wissen die Unterstützung der Öffentlichkeit immer sehr zu schätzen.«

»Kommen Sie jetzt hierher, um nach Spuren zu suchen, oder kommen Sie nicht?« fauchte ich und knallte den Hörer hin.

Ich machte Tee, um die Wartezeit herumzubringen. Außer Kratzern auf dem Fensterbrett war nichts zu sehen. Zwei Tatsachen beunruhigten mich viel mehr als der Verlust der Uhr. Einmal, daß Geoffrey mit seinen Vorstellungen vom Wert der Uhr gar nicht so falsch lag, was wichtig war, weil niemand um einer Kleinigkeit willen einen Einbruch begeht. Zum anderen, daß mich mein Chien-Lung-Teller, ein schönes, handgemaltes Stück, von seinem Ebenholzständer auf dem Schreibtisch anstarrte, während ich auf dem Diwan saß und Tee trank. Zwar war auch er keine Kostbarkeit, doch immerhin war er weitaus wertvoller als die Uhr. Warum also hatte er ihn hiergelassen?

Es blieben zwei Möglichkeiten. Entweder hatte mein Einbrecher von der Existenz der Kaminuhr gewußt und sie war genau das, was er suchte, oder aber er war gar nicht ihretwegen gekommen. Dies wiederum warf die Frage auf, warum er sie dann mitgenommen hatte. Antwort: um den Eindruck zu erwecken, daß hier ein gewöhnlicher Einbrecher tätig gewesen war, der zufällig einen gewissen Blick für Antiquitäten hatte.

Es deutete alles auf den Besitzer eines ganz besonderen Duellpistolenpaares hin.

Über die restlichen Ereignisse des Tages möchte ich am liebsten gar nicht reden.

Geoffrey erschien auf seinem Fahrrad und machte sich Notizen. Er untersuchte den Boden im Garten und fragte später ergebnislos im ganzen Dorf herum, ob jemand etwas Ungewöhnliches beobachtet habe. Ich holte mein Adams-Gewehr aus dem Kellerversteck, fuhr zu Barton und erklärte mich bereit, eine viel zu hohe Summe als Wertausgleich zu bezahlen. Wieder zu Hause, weidete ich mich am Anblick der Mortimer-Pistolen, obwohl ich nur allzu gut wußte, daß ich meine Schuld noch vor Monatsende würde begleichen müssen. Ich aß zu Abend, las eine Weile und ging zu Bett, ohne zu ahnen, daß Sheila um diese Zeit bereits tot war.

Sie war in London offenbar zunächst nach Hause und dann erst zur Arbeit gefahren. Und am Abend, auf dem Heimweg, war sie angeblich gestolpert und unter einen einfahrenden Zug geraten. Der Bahnsteig war voller Menschen, doch es meldete sich niemand, der Angaben über die Leute in ihrer Nähe gemacht hätte. Nach den Zeugenaussagen hätte man meinen können, überall hätte dichtes Gedränge geherrscht, nur nicht um Sheila herum. Versuchen Sie mir nicht einzureden, daß es auf einem überfüllten Bahnsteig unbemerkt bleiben kann, wenn jemand eine Frau auf die Gleise stößt. Nein, die Leute schauen einfach weg, wenn sie nichts sehen wollen, und niemand hat das Recht, so etwas zu tun.

Ich erfuhr von Geoffrey am Tag nach dem Einbruch, was Sheila zugestoßen war. Ich sagte nur danke und schloß die Tür.

10

Den Medaillons und anderem Krimskrams aus dem Viktorianischen Zeitalter nach zu schließen, scheuten die Leute damals keine Mühe, um die Erinnerung an ihre teuren Verblichenen wachzuhalten. Man achtete darauf, alle Daten wohlgeordnet im Gedächtnis zu bewahren, weil dies ein Maximum an nostalgischen Gefühlen ermöglichte. Ich hätte mich gern ebenso beharrlich gezeigt und aus den zärtlichsten Momenten meiner Beziehung zu Sheila ein tröstliches Erinnerungsmosaik zusammengesetzt. Doch ich konnte es nicht. Es war alles zu Ende. Aus. Unwiederbringlich verloren. Sheila war tot.

An jenem schrecklichen Tag hockte ich untätig herum, ließ Briefe unbeantwortet, rührte das Telefon nicht an. Aus irgendeinem Grund machte ich ein Kohlenfeuer im Kamin – eine schmutzige Angewohnheit, von der ich eigentlich schon seit längerer Zeit abgekommen war. In dem Kohlenkasten neben der Hintertür fand sich noch ein Rest Kohle, und bald war das Haus warm und behaglich. Während ich in die Flammen starrte, kamen und gingen alle möglichen Erinnerungen an Sheila.

Sie hatte diese Angewohnheit gehabt, mich interessiert, mit prüfenden Blicken anzusehen und dabei zu lächeln, als beschäftigte sie sich innerlich belustigt mit meinen Schwächen. Am Anfang hatte mich das wütend gemacht, aber mit der Zeit gewöhnt man sich ja an eine Frau, nicht wahr?

Eine ihrer Eigenheiten war auch, daß sie beim Lesen oder wenn sie sich ein Fernsehprogramm anschaute, geistesabwesend die Hand ausstreckte und meinen Hals streichelte. Ich war vielleicht gerade mit Antiquitätenpreisen beschäftigt und wehrte mich ungehalten gegen ihr Streicheln, doch gleich darauf war sie wieder da und setzte ihre Massage fort.

Dann gab es noch die Sache mit dem Käse. Während ich über meinen Papieren saß, kam es oft vor, daß sie plötzlich ihr Buch hinlegte und aus der Küche ein winziges Stück Käse holte, um es mir in den Mund zu schieben. Nie sagte sie etwas dazu, nie aß sie selbst so ein Käsestück. Das geschah jeden Abend ungefähr zwei- oder dreimal. Ab und zu unterbrach sie ihre Lektüre auch gar nicht, sondern nahm das Buch mit und las im Gehen. Auffallend war außerdem ihre im Vergleich zu anderen Frauen ungewöhnliche Ordnungsliebe. Nie waren mir ihre Sachen im Wege, nie stolperte ich über ihre Schuhe.

Und unsere Zusammenstöße ... Wir stritten uns oft. Manchmal war Sex der Grund, bei anderen Gelegenheiten einfach das Bedürfnis, etwas Dampf abzulassen, – als Reaktion auf den Streß unserer Zeit.

Sie konnte ziemlich reizbar sein, und sie bereitete mich dann gleich beim Hereinkommen auf ihre schlechte Laune vor, indem sie verkündete: »Ich bin wütend, Lovejoy.« Ich fragte: »Auf mich?« und erhielt darauf unweigerlich zur Antwort: »Natürlich auf dich, Lovejoy. Auf wen sonst?« Und anschließend zankten wir uns stundenlang. Ein paarmal habe ich sie wegen ihres heftigen Temperaments zum Teufel geschickt, und es ist verschiedentlich vorgekommen, daß ich handgreiflich wurde, weil sie mich rasend machte. Einmal verprügelte ich sie richtig, und als mich hinterher Gewissensbisse plagten, fand sie das komisch und nannte mich albern. Ich kann weiblichen Argumenten einfach nicht folgen, vor allem, weil Frauen für die schlimmsten Dinge Nachsicht aufbringen, während sie wegen irgendwelcher Lappalien außer sich geraten.

Sheila würde nie mehr meinen Hals streicheln, mir keine Käsestückchen mehr in den Mund schieben. Wir würden uns nie mehr streiten und nie mehr miteinander schlafen. Nie mehr würde sie mich mit diesem Lächeln um den Mund betrachten.

Mein Gesicht glühte von der Hitze des Feuers. Zweimal stellte ich das Radio an. Ein idiotisches Frauenzimmer erging sich in eindringlichen Worten über häusliche Probleme, die viel besser mit einem Tritt in den Hintern als mit Hilfe eines Psychiaters zu lösen gewesen wären. Ich sagte ihr unmißverständlich meine Meinung und drehte ihren Redefluß ab. Später hörte ich im Fernsehen die neuesten Meldungen über eine Katastrophe im Nahen Osten und schaltete auch das aus. Um Mitternacht zwang ich mich dazu, eine halbe Tasse Tee zu trinken. Gegen fünf Uhr morgens waren meine Kohlevorräte erschöpft.

Ich schnitt etwas Brot und Käse ab, um das Rotkehlchen zu füttern. Es war in Sekundenschnelle da und verscheuchte als erstes die Konkurrenz. »Sheila behauptete immer, ich würde dich zu sehr verwöhnen«, sagte ich zu ihm. Das Rotkehlchen hüpfte auf meinen Arm, um sich seinen Käse abzuholen. »Weißt du, sie meint … meinte, du wärst am Ende nicht mehr imstande, dir deine Nahrung selbst zu beschaffen.« Sie hatte beharrlich die Ansicht vertreten, das Rotkehlchen müsse Würmer fangen und sie anschließend grausam zerstückeln, weil das seiner Natur entspreche. Nun, ich hoffe, daß sich meine Käsefütterungspraxis irgendwann bezahlt macht; wenn man mit Keksen und Käse vollgestopft ist, kann man zumindest für ein oder zwei Stunden kein großes Interesse an Würmern haben. Meiner Meinung nach ist Jagd, ganz gleich, in welcher Form, nur in den seltensten Fällen notwendig. Als das Rotkehlchen gesättigt war, streute ich die übrigen Krumen für die Spatzen und andere Vögel auf den Weg. Doch auch jetzt gab es noch keine Ruhe, teilte nach allen Seiten Schnabelhiebe aus und verteidigte seine Futterreste. Ich ging hinein und rief Geoffrey an. »Mein Gott«, ächzte er verschlafen, »schauen Sie mal auf die Uhr!«

»Ist Sheilas Handtasche aufgetaucht?« fragte ich. Er wußte es nicht. Ich legte ihm dringend nahe, sich zu informieren und mir Bescheid zu geben, falls er nicht pausenlos belästigt werden wollte. Es dauerte nur zwanzig Minuten, bis er zurückrief.

»Sie hatte keine Tasche bei sich, Ihre junge Dame«, berichtete er.

»Wie hat man mich dann benachrichtigen können?« fragte ich.

»Die Bahnpolizei bat ... die anderen Fahrgäste um Unterstützung, und es gab jemanden, der sie identifizieren konnte.«

Ich unterdrückte den schrecklichen Wunsch, mir die vorbeidefilierenden Menschenschlangen vorzustellen.

»Sicher eine Arbeitskollegin ...«

»Möglich. Jedenfalls fand sich in ihrer Wohnung ein Foto von Ihnen, und auf der Rückseite stand Ihre Adresse. Lovejoy ... ich möchte zu gern wissen, was in Ihrem Kopf vorgeht.«

»Schlaue Polizisten mit etwas Erfahrung sollten sich um ihre eigenen Angelegenheiten kümmern«, sagte ich und hängte ein.

Ich wußte genau, was er tun würde. Einen Tag lang würde er beunruhigt im Dorf herumschnüffeln, und dann würde er mich unumwunden fragen, was ich vorhätte, und mich vor irgendwelchen Dummheiten warnen. Und meine unschuldsvolle Antwort: »Was in aller Welt meinen Sie nur damit, Constable?« würde ihn nur noch mehr irritieren.

Eine Weile stand ich in der Tür und betrachtete den Morgenhimmel, während ich eine Zigarre rauchte. Dann ließ ich heißes Wasser in die Badewanne laufen und machte mir mein Lieblingsfrühstück: Käse, mit Apfelschnitzen in Margarine gebraten. Drei

Scheiben Brot. Tee. Weiß der Himmel wie, aber ich schaffte es tatsächlich, das alles zu essen; im Radio war von Politik die Rede, und ich sang wie ein Verrückter zur Zwischenmusik und hämmerte mit einem Löffel auf die Teller. Tun Menschen nicht manchmal irre Dinge?

Meine Alarmanlage würde ich nie mehr vergessen. Ich verschloß die Türen und reparierte das Fenster. Inzwischen hatte sich das Badewasser abgekühlt, und ich legte mich in die Wanne und versuchte einige Vermutungen miteinander zu verknüpfen.

Jemand hatte Eric Field wegen des Judas-Paars umgebracht. Angenommen er hatte dann erfahren, daß ich das einzige fehlende Zubehörteil der kostbarsten Steinschloßpistolengarnitur in meinen Besitz gebracht hatte – ein kleines, ziseliertes Instrument, das eindeutige Durs-Charakteristika aufwies. Es war sicher von jemandem, der nichts damit anzufangen wußte, in das Arzneikästchen gelegt worden, um den Preis dieses auffallend schäbigen Stücks zu erhöhen, und stammte somit zweifelsfrei aus der Versteigerung der Fieldschen Sammlung. Wenn man nun weiter annahm, daß dieser Unbekannte mir von Seddon bis zu meinem Haus gefolgt war, dann hatte er bestimmt auch gesehen, wie ich den Gegenstand am Kriegerdenkmal Sheila gegeben hatte und sie ihn in ihre Handtasche steckte, denn dort konnte man von allen Seiten beobachtet werden. Adrian und Jane waren vorbeigefahren, Muriel und ihr anhänglicher Geistlicher waren auch dagewesen. Wahrscheinlich hatten wir die in Frage kommende Person gar nicht bemerkt.

Vielleicht hatte er die ganze Nacht draußen gewartet. Und als er uns am Morgen fortfahren sah, war er eingedrungen, hatte erfolglos alles durchwühlt und war durch Sheilas Briefe zu dem irrigen Schluß gekommen, sie hätte den Schraubenzieher noch in ihrer

Handtasche. Vielleicht dachte er, mir sei seine Bedeutung klargeworden, und ich hätte es nicht riskieren wollen, ihn bei mir zu behalten. Also war er ihr nach London gefolgt und hatte sie dort unter den Zug gestoßen, vielleicht weil sie gemerkt hatte, daß er ihre Handtasche stehlen wollte. Oder er hatte ihr einfach den fatalen Stoß versetzt, um in dem darauffolgenden Tumult ihre Handtasche zu ergreifen, und war dank der hierzulande vorherrschenden schönen Gepflogenheit der Leute, allen Unannehmlichkeiten aus dem Weg zu gehen, entkommen. Und Sheila war tot. Ich war überzeugt, daß Sheila wegen des Schraubenziehers hatte sterben müssen.

Um neun Uhr war ich angekleidet und stand in meinem Kellerversteck. Ich war aufgeregt, weil ich mich entschlossen hatte, jemanden umzubringen.

Wen, das wußte ich noch nicht. Auch wo und unter welchen Umständen es geschehen würde, war mir noch nicht klar. Ich wußte nur, wie ich die Tat ausführen würde.

Er würde das Beste vom Besten bekommen. Die Kosten spielten dabei keine Rolle.

Ich hatte etwas Schwarzpulver in einem Pulverhorn, das zu den Barratt-Pistolen gehörte. Sie waren ungeeignet. Perkussionssystem. Ich musterte meine Regale.

Ich liebe Waffen nicht wegen ihrer todbringenden Eigenschaften, sondern als Zeugnisse hohen handwerklichen Könnens.

In einem unserer unerfreulichen Kriege steckte man auch mich in eine Uniform, und sehr bald lag meine Einheit auf einem verschneiten Hügelhang, von wo aus wir die feindlichen Stellungen unter Beschuß nehmen mußten. Peinlich war nur, daß die Truppen auf der Gegenseite ebenfalls Geschütze besaßen und zurückschossen. Ich begriff überhaupt nicht, was das Ganze sollte. Es war reine

Zeitverschwendung und zudem fürchtete ich mich zu Tode. Doch jetzt bedauerte ich, daß ich während der Ausbildung so wenig Interesse an den Tag gelegt hatte.

Die Barratt-Pistolen waren ungeeignet, aber die beiden Samuel-Nock-Pistolen konnte man eventuell verwenden. Die schwere Brown Bess war zu unhandlich. Außerdem sollte er langsam sterben. Ansonsten blieben mir noch die afghanischen Gewehre, der Adams-Taschenrevolver, ein Durs-Luftgewehr, eine Cooper-Blunderbüchse, eine Henry-Nock-Duellpistole, deren Gegenstück ich schon seit zwölf Jahren suchte, und endlich die schönen Mortimer-Pistolen, die ich an jenem schrecklichen Tag von Dick erstanden hatte. Die Mortimer-Pistolen waren das richtige.

Ich schmolz ein Stück Blei über einer Spiritusflamme, goß es in die Kugelzange und drückte die Messinggriffe fest zusammen, damit die Kugeloberfläche keine Blasen bekäme. Zwölf Versuche waren nötig, bis ich zwei perfekte Kugeln hatte. Nach dem Erkalten polierte ich sie mit einem Stück Leder.

Das Schwarzpulver schüttete ich in das Pulverhorn. Dann säuberte ich die Läufe, gab in jeden die entsprechende Dosis Pulver und einen Dämmpfropfen mit der Kugel. Es war sehr schwer, die Ladung bis auf den Boden des Laufs zu treiben, aber ich schaffte es. Anschließend füllte ich ein wenig Pulver in die beiden Pfannen. Als ich fertig war, legte ich die Waffen wieder in ihre Mahagoni-Kassette. Sie sahen stilvoll, kostbar und bedrohlich aus – irgendwie sogar mörderisch. Und das machte mich äußerst zufrieden, denn damit würde ich einem verdammten Schweinehund eine Kugel in den Kopf jagen.

11

Bis jetzt hatte der Sache mit den Judas-Pistolen noch etwas ziemlich Vages, Unwirkliches angehaftet, obwohl ich bereits auf dem ganzen Markt nach ihnen gesucht hatte. Doch nun war ich sicher, daß zwei Menschen wegen dieser kostbarem Waffen getötet worden waren. Und merkwürdigerweise arbeitete mein Verstand viel klarer, seit ich von ihrem Vorhandensein überzeugt war.

Wenn der Kerl wegen eines kleinen Zubehörteils gemordet hatte, dann war das Judas-Paar zweifellos in seinen Händen. Und ich verstand seine Qual. Ein Sammler, dem ein wesentliches Stück fehlte, um einen phantastischen Besitz zu vervollständigen. Unter anderen Umständen hätte ich ihn sogar bedauert. Jetzt entlockte er mir nur ein böses Lachen, während ich aus meinem Versteck nach oben stieg und Türen und Fenster wieder entriegelte. Sollte er nur leiden. Er würde wiederkommen, irgendwie und irgendwann würde er wiederkommen, weil ich den Schraubenzieher hatte, den er haben wollte. Von nun an würde ich jede Minute des Tages gerüstet sein.

Ich beschloß, das Spiel bis zum Äußersten zu treiben und wählte George Fields Nummer. Seine Frau hob ab. George war nicht da.

»Ich möchte eine Liste, Mrs. Field«, erklärte ich. »Sagen Sie ihm, ich brauche dringend die Namen aller Leute, mit denen sein Bruder auf freundschaftlichem Fuß stand, vor allem Sammler und Händler.«

Sie wollte mich im eine längere Unterhaltung verwickeln, doch ich verabschiedete mich und rief anschließend Geoffrey an. »Hören Sie mir gut zu«, begann ich energisch. »Ich will von sämtlichen Männern, die Sheilas ... Unfall bearbeitet haben, Namen, Rang und Reviernummer.« Worauf er sein Sprüchlein herunterleierte, daß er nicht ermächtigt sei und so weiter und so fort. »Geoffrey«, sagte ich. »Sie beschaffen mir die Namen, oder ich wende mich an den Polizeipräsidenten, Scotland Yard und den Abgeordneten unseres Wahlkreises. Außerdem werde ich das Lokalblatt, drei Londoner Tageszeitungen und den Premierminister informieren ...«

Sie können recht hilfreich sein, unsere Ordnungshüter, wenn man sie auf die richtige Weise bedrängt. Er gab mir eine Telefonnummer und die Anschrift einer Polizeiwache.

»Was ist in Sie gefahren, Lovejoy?« fragte er sehr beunruhigt. »Mir gefällt das alles nicht so ganz, offen gestanden.«

»Was wollen Sie damit sagen?«

»Damit will ich sagen, daß ich wissen möchte, was Sie vorhaben, Lovejoy.«

»Geoffrey«, sagte ich sanft.

»Ja?«

»Halten Sie den Mund und schlafen Sie weiter«, gurrte ich. Es ging mir jetzt besser, weil ich etwas unternehmen konnte. Kein Wunder, daß der weite Weg nach Jerusalem die Kreuzfahrer nicht entmutigt hatte. Auch bei mir erwies sich der Glaube als großartige Antriebskraft. Und er machte mich frei. Ich konnte nun überall – die Polizei ausgenommen – herumerzählen, wonach ich auf der Suche war, und sogar meine Gründe angeben. Die Nachricht würde sich wie Öl in einer heißen Pfanne verbreiten. Und eines schönen Tages würde mir jemand einen Besuch machen, und das würde sein letzter Auftritt sein.

Ich verbrachte eine Stunde am Telefon. Zuerst telefonierte ich mit Adrian, dem ich erklärte, ein verstorbener Freund von mir, Eric Field, habe ein Paar Durs-Steinschloßpistolen besessen, die unauffindbar seien. Ich bat ihn, sich ein bißchen umzuhören. Anfänglich reagierte er etwas spöttisch, aber ich zeigte mich beharrlich, und er spürte mit der Sensibilität, die Leute wie er häufig haben, daß etwas Ernstes vorgefallen sein mußte, und versprach, Erkundigungen einzuziehen. Margaret Dainty meldete sich nicht, und auch bei Dandy Jack hatte ich kein Glück. Doch ich erreichte Jane Felsharn. Sie fragte, was mit mir los sei, und hielt mich für betrunken.

»Laß dem Blödsinn, Jane, mit mir ist heute nicht gut Kirschen essen. Notiere dir die wichtigsten Daten und verbreite sie. Sag allen, die etwas wissen, daß sie jederzeit zu mir kommen können. Bei der Sache springt auch etwas für dich heraus. Denk daran!«

Harry war nicht zu Hause. Für Tinker und Dandy Jack hinterließ ich im *White Hart* die Nachricht, sie möchten sich dringend mit mir in Verbindung setzen.

Ich wickelte den Schraubenzieher in ein weißes Papiertaschentuch (immer das beste, wenn man kleine Antiquitäten bei sich trägt), steckte ihn in meine Jackentasche und befestigte die Taschenklappe mit einer Sicherheitsnadel. Bevor ich das Haus abschloß und fortging, rief ich noch Dick Barton an und bat ihn, mir ein wenig Schwarzpulver zu verkaufen, weil ich die Mortimer-Pistolen ausprobieren wolle. Er war überrascht, denn er kannte meine Abneigung gegen jeglichen Waffengebrauch, versprach aber, mir dreihundert Gramm zu besorgen. Ich nahm mir vor, das Zeug erst abzuholen, wenn ich von ihm zurückkam – für den Fall, daß Geoffrey meinen geparkten Armstrong inspizierte, um herauszufinden, was ich vorhatte. Der Verkauf von Schießpulver unterliegt strengen Vorschriften, und die Polizei ist in solchen Dingen besonders wachsam. Ich warf dem Rotkehlchen eine Handvoll Krumen hin und fuhr zu Seddom. Um die Aufmerksamkeit meines unbekannten Feindes auf mich zu lenken, parkte ich den Wagen direkt vor dem Auktionshaus und ging zu dem alten Jim, der ganz in der Nähe wohnte. Er runzelte die Stirn, als er die Tür öffnete und mein glücklich lächelndes Gesicht erblickte.

»Einen wunderschönen guten Morgen, Jim.«

»Völlig zwecklos, hierherzukommen, Lovejoy«, sagte er mürrisch. »Alles Geschäftliche muß über die Firma laufen, das wissen Sie.«

Ich betrachtete ihn mit aufrichtigem Wohlwollen. »Natürlich, Jim. Sie kennen mich doch. Ich will keinen Ärger.« Ich wartete, bis er das verdaut hatte, und fügte dann hinzu: »Und Sie sicher auch nicht, oder?«

Jetzt war er auf der Hut. »Worauf wollen Sie hinaus?«

»Sie haben einen neuen Job.«

»Wie bitte?«

»Ja, einen neuen Job. Sie können sofort anfangen.« Er wollte die Tür schließen, aber mein Fuß stand dazwischen. »Nein, Jim, bleiben Sie schön hier und hören Sie zu.«

»Ich will keine Probleme.«

»Die bekommen Sie auch nicht, alter Freund.« Ich strahlte ihn an. »Erinnern Sie sich an die Versteigerung des Field-Nachlasses?«

»Ich dachte mir doch gleich, daß Sie da ein paar Andeutungen zuviel gemacht haben«, sagte er. »War denn etwas faul bei der Sache?«

»Nein«, versicherte ich ihm. »Ihr neuer Job besteht darin, daß Sie versuchen sollen, sich an alles, was mit der Auktion zusammenhängt, zu erinnern: Die Verkaufslisten, den Auktionator, wer da war, wer was gekauft hat und zu welchem Preis …«

»Unmöglich. Das ist alles streng vertraulich.« Bemerkenswert, wie aufgeblasen so ein kleiner Angestellter sein kann.

Ich setzte eine teilnehmende Miene auf. »Und was ist mit Ihrem Arm?« erkundigte ich mich besorgt.

»Was soll damit sein? Ich habe nichts am Arm.«

Ich lächelte ihn an und zwinkerte. »Sie werden aber bald etwas haben, Jim. Ein paar Knochenbrüche.«

»Wie? Sie sind verrückt ...«

»Links oder rechts, Jim? Sie haben drei Sekunden, um es sich zu überlegen. Heute nachmittag um sechs Uhr will ich alle Daten über die Versteigerung haben. Sie bringen sie mir nach Hause und warten dort, bis ich komme.«

»Sie sind total übergeschnappt, Lovejoy«, ächzte er. »Ich habe kein Auto.«

»Dann sehen Sie zu, daß Sie den Bus am Bahnhof nicht versäumen.«

»Hauen Sie ab«, sagte er und trat gegen meinen Fuß.

Meine Stirn glühte. Einen Moment lang versuchte ich meine Nerven im Zaum zu halten, dann schob ich ihn zurück, stieß mit dem Knie zu und rammte ihm gleichzeitig meinen Kopf an die Nase. Als er auf dem Boden lag, versetzte ich ihm noch einen schmetternden Schlag in die Rippen. Weiß der Himmel, wo ich das gelernt habe. Ich bin sonst wirklich ein friedfertiger Mensch. Entsetzt lehnte er sich gegen ein altes Klavier. Sein Gesicht über dem unrasierten Kinn war kalkweiß.

»Mein Gott ...«

»So, und jetzt seien Sie ein guter Junge und besorgen Sie mir die Daten.«

»Sie haben mir ein paar Rippen gebrochen«, jammerte er. Ich nickte geduldig. »Und ich werde Ihnen um zehn nach sechs den Arm brechen, wenn Sie mir diese Unterlagen nicht beischaffen, Jim.«

»Ich brauche einen Arzt ...« Ich trat noch einmal zu und bearbeitete sein Gesicht mit den Fäusten, bis er blutete.

»Keine Ärzte, Jim. Kein Krankenhaus. Sie haben etwas zu erledigen, verstanden?« Er nickte mit schmerzverzerrtem Gesicht. »Und noch was, Jim. Sie können mich anzeigen. Ich werde nichts ableugnen. Aber ich schwöre Ihnen, ich komme wieder und mache Sie für den Rest Ihres Lebens zum Krüppel, wenn Sie's wagen. Tun Sie, was ich gesagt habe, und ich werde Sie nie wieder belästigen.«

Ich drehte mich um und ging, während er sich auf dem Teppich erbrach. Auf der Straße war kaum ein Mensch zu sehen, und den Wagen hatte niemand berührt.

Ein schwarzer Tag. Auf jeder der beteiligten Polizeiwachen mußte ich erst Stunk machen, bevor man mir entgegenkam. Ein Inspektor ging mit mir Wort für Wort die Berichte über Sheilas Tod durch. Und wie es heute allgemein üblich ist, ganz gleich, ob es sich um Reden von Politikern, um Plädoyers oder um Predigten handelt, – die Akte wimmelte nur so von Wörtern wie »möglicherweise«, »unter Umständen«, »vielleicht«.

Anschließend besuchte ich in Camdon Town Sheilas Freundin Betty, neunzehn Jahre alt und bekannt für die unerschöpfliche Farbskala ihrer Lippenstifte, gewagten Ausschnitte sowie zahllose Liebesaffären mit reichen Geschäftsleuten. Ihr Mann, doppelt so alt wie sie, interessierte sich vornehmlich für Modelleisenbahnen. Ich verschlang Betty mit lüsternen Blicken, während sie ihre Geschichte erzählte. An jenem Tag war sie nicht mit Sheila zusammen nach Hause gefahren. Sie behauptete, sie hätte noch Arbeit zu erledigen gehabt. Aus Höflichkeit tat ich so, als ob ich ihr glaubte. Als ich mich verabschiedete, hielt ich ihre Hand fest und erklärte ihr, wie ich in biologischem Sinn auf sie reagierte. Das Wort »biologisch« gefiel ihr, und sie gab mir die Adresse eines kleinen Landhauses, wo sie sich zu gewissen Zeiten aufhielt. Solche Orte können sich als wahre Fundgruben für Antiquitäten entpuppen. Es handelte sich also um einen typischen Fall von »zwei Fliegen mit einer Klappe« …

Aber Anhaltspunkte hatte ich immer noch keine. Das deprimierte mich. Ich schaute mich in der Bond Street bei Fairclough um und traf ein paar geschäftliche Abmachungen. Um zehn nach sechs war ich wieder zu Hause. Jim erwartete mich mit aschfahlem, schmerzverzerrtem Gesicht. Meine Stimmung hob sich sofort: Hier war endlich jemand, von dem ich etwas erfahren würde.

Er gab mir die Fotokopie der Verkaufsliste und die zugehörigen Rechnungen. Außerdem hatte er unbeholfen die Namen der Auktionsbesucher, der Versteigerer und seiner zwei Kollegen notiert.

»Gut so.« Ich tätschelte seinen Kopf. »Hören Sie, Jim …«

»Ja?« Leiderfüllt stand er auf dem Kiesweg.

»Ich möchte Sie nicht drängen, aber der Arzt hat nur bis sieben Sprechstunde. Sie schaffen es gerade noch mit dem Bus.«

»Bringen Sie mich nicht hin?« Seine Stimmung war offenbar auf dem Weg der Besserung. Im seinem Ton schwang schon wieder etwas Dreistigkeit mit.

Ich lächelte. »Gute Nacht, Jim«, sagte ich und schloß die Tür.

12

Manche Leute bringen mich um den letzten Nerv. Ich traf Dandy Jack dabei an, wie er ein Stück Craquelé-Porzellan auf Sprünge untersuchte – er, ein Händler, der alt genug war, um mein Urgroßvater zu sein. Natürlich war Dandy Jack wieder einmal absolut indisponiert.

»Gib es her, Dandy.« Gereizt nahm ich es ihm ab. »Craquelé-Porzellan heißt nicht, daß es überall Sprünge hat …« Während seine blutunterlaufenen Augen vage in meine Richtung starrten, zeichnete ich das Stück für ihn aus und sagte, ich würde bald wieder einmal hereinschauen.

Als ich auf den sonnenbeschienenen, belebten Gehsteig hinaustrat, waren alle quälenden Gedanken an das furchtbare Geschehnis plötzlich wie weggeweht. Sie wissen schon, wie angenehm sich die Welt manchmal präsentiert. Die kleine Arkade war voller Menschen. Margaret winkte aus ihrem winzigen Lädchen, Harry Bateman hatte eine prachtvolle Modelldampfmaschine aus Messing und dunklem Kupfer – Robert Atkinson, ungefähr 1864 –, die er als Tauschobjekt für ein John-Nash-Gemälde anbot. Im Café priesen ein paar Sammler ihre Antiquitäten. Wir waren alle bester Laune, erzählten uns irgendwelche Geschichten und den neuesten Klatsch.

In Jims Listen waren zwei Sammler und ein Händler als Steinschloßwaffen-Interessenten aufgeführt. Der Händler, ein Freund von Harry, war drittklassig, also konnte ich ihn streichen. Mit den Sammlern verhielt es sich anders. Der eine, ein pensionierter Major namens Lister, war ein gutinformierter Mann, der genau wußte, was er wollte. Der zweite, Brian Watson, war in meinen Akten als ein Mann mit einem untrüglichen Instinkt für Qualität geführt, der zu spontanen Käufen neigte und manchmal in einer Stunde ungeheure Summen ausgab, um sich danach erst einmal wieder für längere Zeit von der Szene zurückzuziehen. Außerdem standen auf Jims Liste unter anderem Harry, Adrian und Jane, Margaret, der gute alte Dandy Jack, Muriels frommer Freund Joe Lagrange, Brad, Dick und Tinker Dill. Und Muriel.

Von all diesen Leuten erschien mir Brian Watson besonders wichtig, weil er bereits ein Paar Durs-Duellpistolen besaß, und dann noch Major Lister, weil er seit Ewigkeiten versuchte, sie Watson abzukaufen. Die Dinge entwickelten sich jetzt schon etwas schneller, und während ich mich unterhielt und Informationen speicherte, lächelte ich in mich hinein. Befriedigt dachte ich an die schönen, noch nicht bezahlten Mortimer-Pistolen, die geladen darauf warteten, daß ich sie abfeuerte. Ich verließ das Café und schlenderte durch die Arkade. Wenig später traf ich Tinker Dill. Wir gingen in die Snackbar, wo wir uns ungestört unterhalten konnten.

»Du bist ganz schön tätig gewesen, wie, Lovejoy?«

»Wovon redest du?« fragte ich unschuldsvoll.

»Na, von der Sache mit Jim.« Es freute ihn sichtlich, daß ich Jim so zugerichtet hatte.

»Ich empfinde nicht die geringste Reue«, sagte ich. Dann erwähnte ich mein Interesse für Watson und Lister und reichte ihm Jims Auktionsunterlagen.

»Die hast du geklaut!« murmelte er.

»Nur geliehen. Jim ist gutherzig.« Ich wartete, bis er sich erholt hatte. »Hast du zufällig irgend etwas gehört, was mit einem der hier aufgeführten Namen zusammenhängt? Hat einer von ihnen bei der Versteigerung etwas gekauft? Versuch dich zu erinnern, Tinker.« Er würde sich erinnern. Wir vergessen den Ablauf von Auktionen ebenso wenig wie Fußballfans die Einzelheiten von Spielen, die sie vor zwanzig Jahren gesehen haben. Vielleicht wundern Sie sich, warum ich nicht einfach die Namen der Käufer auf den Rechnungen überprüfte.

Nun, Rechnungen sagen einem nicht alles. Auf zehn vom Auktionator verkaufte Lose entfallen zehn andere, die unter den anwesenden Händlern verkauft werden. Oft ersteigert man ein Los und verkauft es sofort einem Kollegen weiter. Vielfach einigt sich eine Gruppe Händler auch darauf, bei einem besonders attraktiven Stück, einer schönen französischen Kommode etwa, das Angebot zurückzuhalten. Wenn es dann für eine minimale Summe an Händler A geht, versammelt er anschließend im nächsten Pub seine Freunde, und die Kommode wird privat noch einmal versteigert.

Sie meinen, das sei gegen das Gesetz, weil der Verkäufer auf diese Weise um eine faire Auktion geprellt wird? Richtig, aber das Publikum wird ja nicht daran gehindert, mitzubieten, oder? Wieder ein Beispiel für Habgier. Ihre Habgier. Und weshalb? Weil Sie diese wertvolle Kommode für ein paar Pfund bekommen wollen. Wären Sie wirklich ehrlich, dann würden Sie ein ehrliches Angebot machen. Werfen Sie also dem Händler nichts vor. Er ist bereit, sein ganzes Geld für einen kleinen Gewinn zu riskieren, während Sie ein mittelalterliches Silberkästchen für den Preis einer Busfahrt ersteigern wollen. Sie drücken den Preis aus Habgier, wie durch Übereinkunft. Warum Ihre Habsucht legal sein sollte und unsere Offenheit illegal, verstehe ich nicht.

»Diese Gebetbuchpistole«, erinnerte sich Tinker. »Gar nicht schlecht. Sie ging an Watson.«

»Major Lister hat auch etwas gekauft, nicht wahr?«

»Ja, eine Garnitur Freimaurerjuwelen für irgendein Museum.«

Das war mir schon bekannt, und ich wußte, daß er außerdem Seidensiebdrucke von Stevens erworben hatte. Wir unterhielten uns noch eine Weile über den Antiquitätenmarkt und trennten uns dann, nachdem ich Tinker einen Geldschein in die Hand gedrückt hatte.

Als nächstes besichtigte ich bei Margaret Taufkleider aus englischer Spitze.

»Das mit deiner Freundin tut mir so leid, Lovejoy.« Sie gab mir einen Kuß auf die Wange und setzte den Teekessel auf. Ein paar Kunden standen herum, von denen sich einer für Keramik, der andere für Fälschungen interessierte. (Lachen Sie nicht – Leute, die Fälschungen sammeln, laufen gleichgültig an einem echten Leonardo da Vinci vorbei und geraten angesichts eines gefälschten Braque in Ekstase.) Als sie hinausschlenderten, hängte Margaret das Geschlossen-Schild an die Tür.

Ich betrachtete ihre Taufkleider und meinte: »Was ich nie verstehen kann, ist, wieso diese Dinger so billig sind. Es muß Jahre gedauert haben, um eines von ihnen anzufertigen.«

»Sind sie echt?«

»Spielt das überhaupt eine Rolle, bei der Arbeit, die darin steckt?« Ich befühlte sie. »Ja, sie sind echt.«

Sie brachte ihren weithin berüchtigten Tee, den ich als Zeichen unserer Freundschaft akzeptierte, und setzte sich mir gegenüber. »Was hast du vor?« fragte sie.

»Ich werde den Schweinehund finden. Und ihn kaltmachen.«

»Das kannst du doch nicht tun, Lovejoy!« Gütiger Gott, sie weinte. Tränen liefen ihr über die Wangen, während sie ihren grauenhaften Tee trank. »Das wäre auch dein Ende. Überlaß die Sache der Polizei.«

»Die Polizei ist ganz zufrieden mit ihrer bisherigen Version.« Meine ganze Bitterkeit brach aus mir heraus. »Es ist viel dramatischer, mit heulenden Sirenen herumzurasen, als zu Fuß hinter dem Kerl herzulaufen.«

»Sie wissen schon, was sie zu tun haben ...«

»Aber sie tun es nicht.«

»Angenommen, du findest ihn wirklich, – warum übergibst du ihn nicht einfach der Justiz?«

Ich mußte beinahe lachen. »Damit man mich monate- oder jahrelang ausfragt, und er sich herausredet?«

»Bitte, Lovejoy«, flehte sie.

»Er soll mit sieben Jahren in einem von den Steuerzahlern finanzierten, guteingerichteten Gefängnis davonkommen? Nein. Ich werde seinen Kopf auf der nächsten Wand verteilen und mich über den Anblick freuen.«

Sie rang die Hände. »Wir beide waren doch einmal so ...«

»Die Situation hat sich geändert.«

»Du riskierst dein Leben. Wer immer der Täter ist, er muß inzwischen gehört haben, daß du hinter diesen Durs-Duellpistolen her bist. In der ganzen Branche redet man darüber. Viele halten dich schon für übergeschnappt.« Gute Nachrichten.

»Es gibt jemanden, der weiß, daß mein Verstand funktioniert. Und ich werde ihn so lange reizen, bis er mir zwangsläufig auf die Pelle rückt.« Ich stand auf und stellte meine Tasse hin.

»Na gut, Lovejoy«, meinte sie resigniert. »Kann ich noch etwas für dich tun?«

»Bring die Geschichte unters Volk. Mach Andeutungen. Erfinde irgendwas. Schildere den Leuten, in was für einer beunruhigenden Verfassung ich bin.« Ich küßte sie auf die Stirn. »Dein Tee schmeckt übrigens noch immer miserabel.« Vom Kiosk aus rief ich George Field an. Er erklärte sich bereit, ein Inserat in unserer Fachzeitschrift aufzugeben. Der Text sollte folgendermaßen lauten:

BELOHNUNG

Für Informationen, die zur Auffindung (nicht notwendigerweise zum Ankauf) der Durs-Steinschloßwaffen führen, die im Antiquitätenhandel als das Judas-Paar bekannt sind, wird eine hohe Belohnung gezahlt.

Er schnappte nach Luft, als ich ihm die Summe nannte, war aber einverstanden, als ich ihm sagte, daß ich dafür auf mein Honorar verzichten wollte. Ich bat ihn, seine Adresse beizufügen, weil er im Gegensatz zu mir den ganzen Tag zu Hause anzutreffen war.

Dann fuhr ich zu Major Lister. Bis zum Wochenende würde der Mörder wissen, daß ich ihm auf den Fersen war, und zu schwitzen anfangen. Lassen Sie sich nie einreden, Rache sei nicht süß. Sie ist etwas Herrliches, der reine Genuß. Er verbrachte schon jetzt schlaflose Nächte, weil ich im Besitz des kleinen Durs-Schraubenziehers war. Ich schlief den Schlaf des Gerechten. Meine Rache hatte begonnen.

Major Lister erwies sich als glatte Fehlanzeige. Er war ein jovialer, untersetzter Herr mit beginnender Glatze, redselig, schrullig, ein Mensch, der keiner Fliege etwas zuleide tun würde. In seinem großen Haus schienen drei Frauen zu wohnen, und es wimmelte von allen möglichen Kindern. Ich sah nur lächelnde Gesichter.

»Ich wette, Sie sind Lovejoy«, waren seine ersten Worte. »Sie müssen sich unbedingt meine Fuchsien anschauen.« Er ergriff meinen Arm, rief über die Schulter zurück: »Wir trinken Rum und Ginger-Ale bei den Fuchsien«, und schleppte mich zu einem Gewächshaus.

»Ihr System gefällt mir«, sagte ich. Ein Dreikäsehoch, der gerade in der Diele war, gab die Bestellung nach hinten durch. Das wiederholte sich noch ein paarmal, bis der Ruf verhallte. Gleich darauf kam vom anderem Ende eine Antwort, und der Knirps schrie uns nach: »Rum unterwegs, Dad.«

»Ich finde es gar nicht so gut, aber *ihnen* macht es Spaß.« Und nun begann er mit seinen Pflanzen zu reden, ihnen zuzunicken, sie anzuspornen. Was für ein Spinner, dachte ich. Antiquitäten konnte ich weit und breit nicht entdecken, und diese kümmerlichen, holzigen, eingetopften Gewächse waren wirklich nicht mein Fall. Er schien sie allerdings schön zu finden. Sie hatten sogar Namen.

»Das ist wie bei Vögeln, nicht wahr?« sagte ich. »Sehen alle gleich aus, und dabei ist jede anders.«

»Ich merke schon, Sie sind kein Gärtner.«

»Doch.«

»Was züchten Sie denn?«

»Gras, Bäume und Büsche.«

»Was für Bäume und Büsche?«

»Oh, grüne«, antwortete ich. »Mit Blättern und so.«

»Ja«, sagte er, während ein kleines Mädchen zwei gefüllte Gläser brachte. »Ja, Sie sind Lovejoy, wie er leibt und lebt.«

»Sie haben mich bestimmt auf Auktionen gesehen, wie?«

»Nein, ich habe nur von Ihrem berühmten Braithwaite-Wagen gehört.«

»Braithwaite?« Ich war wie vom Donner gerührt, und er sorgte dafür, daß ich mich auf ein Gestell setzte. Das kleine Mädchen wollte bleiben und setzte sich neben mich.

»Herbert Braithwaite, Konstrukteur von Benzin-Versuchsmotoren Anfang dieses Jahrhunderts. Sie müssen den einzigen besitzen, der noch existiert. Wußten Sie das nicht?«

»Nein. Na ja, nicht so recht.«

»Trinken Sie aus, mein Junge.« Er machte es sich bequem und gönnte mir eine Verschnaufpause. »Und jetzt sagen Sie mir einmal, was ist mit diesen Durs-Pistolen, von denen man überall hört?«

Ich erzählte ihm einen Teil der Geschichte, erwähnte aber Sheilas Tod und den Schraubenzieher nicht.

»Und warum sind Sie zu mir gekommen?«

»Sie waren auf der Field-Auktion.«

»Und Watson bekam die Gebetbuchpistole. Ja. Ich erinnere mich.« Er nahm das kleine Mädchen auf dem Schoß und ließ sie einen kleinen Schluck von seinem Rum trinken. »Ansonsten hat mich die Versteigerung nicht sehr interessiert«, fuhr er fort und fügte treuherzig hinzu: »Und wenn ich bei Ihnen auf der Liste der Verdächtigen stehe, dann sollten Sie sich fragen, ob ich dieses Waisenhaus aufs Spiel setzen würde.«

»Waisenhaus?« Auf die Idee war ich nicht gekommen.

Er fand meine ursprüngliche Annahme ungeheuer erheiternd, und schließlich lachten wir alle, auch das kleine Mädchen. »Sie haben Watson dort gesehen?« bohrte ich dann weiter. »Ja, das stimmt. Er müßte jetzt eigentlich ganz in der Nähe sein …«

Ich stellte mein Glas hin. »Wieso?«

»Sind Sie denn nicht auch dahin unterwegs? Zu der Auktion bei Medway im Maltam Lees? Ungefähr vierzehn Kilometer von hier …«

Ich versuchte, mir meine Eile nicht anmerken zu lassen und verabschiedete mich in aller Höflichkeit. Netter Kerl, dieser Major Lister, dachte ich und legte ihn zu den Akten.

Maltam Lees, vier Uhr. Ich hatte Medway gleich gefunden. Die Auktion näherte sich ihrem Ende; es waren noch fünfzig Lose übrig. Diese Zeit ist immer die beste, weil das Gros der Käufer dann gegangen ist, und nur noch Leute aus der Branche und passionierte Sammler da sind. Es waren Möbel und die verschiedensten Haushaltsgeräte versteigert worden, und bei den restlichen Losen handelte es sich um Teppiche, Keramik, eine Sammlung Bücher und ein paar Bilder, darunter ein Aquarell von Fielding, das meine Klingel ein- oder zweimal läuten ließ.

Ich hielt mich im Hintergrund, während der Auktionator erfolglos versuchte, die Phase des Bietens zu beleben, indem er »versehentlich« Erhöhungen übersprang. Bei der abgebrühten Gesellschaft hatte er keine Chance. Zweimal wurde er unterbrochen und mußte von neuem beginnen. Ein anderer beliebter Trick ist, einen nicht vorhandenen Bieter zu erfinden, zu nicken, als hätte man ein Zeichen bekommen, und anschließend die echten Interessenten fragend anzuschauen. Das bleibt natürlich nur dann unbemerkt, wenn die potentiellen Käufer so aufgeregt sind, daß sie alles um sich herum vergessen. Man sollte deshalb auf Auktionen die Ruhe bewahren und Augen und Ohren offenhalten.

Ich sah Jane, Adrian, Brad, Harry und Dandy Jack. Dazu ein paar andere bekannte Gesichter: Reverend Lagrange, Mrs. Ellison, die Besitzerin des Antiquitätenladens, den ich auf der Rückfahrt von dem Vogelschutzgebiet aufgesucht hatte, und Dick Barton.

Ein Gruppe ambulanter Händler hatte Maltan Lees mit ihrem Erscheinen beglückt. Sie rauchten und unterhielten sich laut, gingen herum, riefen sich Bemerkungen zu; und all das, um Verwirrung zu stiften und einheimische Händler einzuschüchtern. Diese Leute ziehen von Stadt zu Stadt, eine glückliche Bande von Brüdern. Einer blieb neben mir stehen. »He, Sie da«, brummte er. »Sind Sie wegen der Bilder hier?« Ich bedachte ihn mit einem müden Lächeln. »Ob Sie wegen der Bilder hier sind, hab ich gefragt«, wiederholte er angriffslustig.

»Zisch ab, Kamerad.« Mein Lächeln wurde etwas inniger. Es dauerte einen Moment, bis er sich von der Überraschung erholt hatte.

»Wie war das?«

»Da, wo ich herkomme«, informierte ich ihn mit lauter Stimme, »würden Leute Ihres Schlags glatt verhungern.«

»Schlaues Kerlchen.«

Er schlingerte an mir vorbei, stolperte über meinen Fuß und landete zwischen einem Sortiment Stühlen. Seine Genossen verstummten. Ich lachte, nickte ihnen fröhlich zu und trat zu ihrem gestürzten Kollegen.

»Entschuldigung«, sagte ich, weil mein Fuß ausgerechnet auf seiner Hand zu stehen kam. Er fluchte und versuchte sich hochzurappeln, doch mein Knie hatte sich versehentlich in seine Leistengegend gebohrt, und so blieb er höflich liegen, während meine Faust auf sein Auge einhämmerte. Ich bückte mich und flüsterte: »In Liverpool hat man mich und meine Freunde zweimal wegen Totschlags zu Knast verdonnert, sehen Sie sich also vor mir vor, mein Bester.«

»Es war nicht böse gemeint, Kumpel«, sagte er.

Eine Lüge wirkt tatsächlich Wunder. Ich trat beiseite, etwas verlegen, weil uns alle Leute anschauten. Der Auktionator hatte weitergemacht, um den Frieden nicht noch mehr zu gefährden. Vielleicht hatte ihm meine kleine Einlage sogar gefallen. Adrian machte eine applaudierende Geste, und Jane nickte beifällig. Zwanzig Minuten später hatte ich Brian Watson entdeckt. Ich wußte sofort, daß er es war.

Es gibt Leute, die wie ein Chamäleon nirgendwo auffallen. Brian Watson war so ein Mensch. Er stand in meiner Nähe, ganz Auge und Ohr für den Auktionator, und doch merkte ich, daß er mich genauso registriert hatte wie ich ihn. Ein vorsichtiger Bursche von der Sorte, die man nicht unterschätzen durfte. Ein echter Sammler. Selbst wenn er am Verhungern wäre: Er würde weitersammeln. Unheimlich zäh und beharrlich, diese Typen.

Ich kaufte einen Katalog. Harry und die anderen besuchten verständlicherweise jede Auktion, ganz gleich, was es gab. Aber Watson? Mir war genau bekannt, was er besaß, ausgenommen ein paar Stücke, von denen ich vermutete, daß er sie brieflich ersteigert hatte, weil alle Umstände darauf hindeuteten. Er verkaufte selten etwas, und wenn, dann nur, um etwas noch Wertvolleres zu erstehen. Was hatte ihn hierhergeführt? Ich sah nichts, was ihn interessieren könnte. Er war ein reiner Waffensammler und hatte sich noch nie mit Radierungen, Fayencen und sonstigem beschäftigt.

Das Los Nummer zweihundertneununddreißig bestand aus allerlei Kleinkram – einer Miniaturwaage zur Überprüfung von Goldmünzen, einer Steinschloßpistole, die keine besondere Rarität war, einer Zinnbüchse mit einer winzigen Kerze, einer zusammenklappbaren Pfeife, einem kleinen Schnupftabakshorn und anderem. Watson, wie es seine Art war, wartete als alter Experte, bis die Gebote spärlicher kamen, nickte dann, und schon war unser Duell im Gange, denn ich schlug meinen gesamten gesunden Menschenverstand in den Wind und beteiligte mich. Die anderen merkten bald, was sich da abspielte. Man hätte eine Stecknadel zu Boden fallen hören können.

Während die Gebote stiegen, zermarterte ich mir das Hirn über die Frage, was für Watson an diesem Krimskrams so wichtig sein mochte. Ich sah, wie Adrian das Gesicht in den Händen verbarg. Jane, die kühle Jane, schüttelte den Kopf und schickte ein kummervolles Lächeln in meine Richtung. Wir trieben den Preis in die Höhe, bis meine Berechnungen die Oberhand gewannen und ich abrupt stoppte, erhitzt und von ohnmächtiger Wut erfüllt.

»Zum ersten … zum zweiten … zum dritten und letzten. Zuschlag Watson. Jetzt zu dem Los zweihundertvierzig …« Ich ging hinaus, um auf Watson zu warten und auch, um den anderen auszuweichen.

Jane folgte mir. »Na, fühlst du dich jetzt besser, Lovejoy?« Sie hatte Stil, diese Frau mit dem unergründlichen Lächeln.

»Nein.«

»Was soll das alles?«

»Ich weiß nicht, was du meinst.«

Wir überquerten die Straße und setzten uns in das Café gegenüber. Sie bestellte Tee und schaute mich über einen Strauß Narzissen hinweg an.

»Benimmst du dich nicht ein bißchen kindisch?«

»Nein.« Sie irritierte mich mit ihrer verdammten Gelassenheit, und ich sagte es ihr.

»Ich habe das mit Sheila gehört«, fuhr sie fort. »Meinst du, es ist in ihrem Sinn, daß du dich zugrunde richtest?«

»Ich richte mich nicht zugrunde.«

»Du siehst aber so aus, Lovejoy.« Sie hätte Lehrerin werden sollen. »Wir machen uns alle Sorgen um dich. Dein Geschäft wird auch bald ruiniert sein. Schau dich doch an. Du bist unrasiert, du siehst … schmutzig aus.«

Das traf mich, denn so bin ich sonst nicht. Ich blickte gereizt zur Seite, weil sie recht hatte. »Irgend jemand hat sie umgebracht, – derselbe Kerl, der Eric Field umgebracht hat.«

Wieder so ein abschätzender Blick. »Ist das dein Ernst?«

»Selbstverständlich.«

»Du lieber Gott, Lovejoy«, flüsterte sie, »was hast du vor? Du glaubst doch nicht wirklich, daß Watson …«

»Ich bin nicht sicher.« Der Tee kam. »Er ist Durs-Sammler und ein cleverer Bursche. Die anderen kann man fast alle eliminieren. Es besteht natürlich auch die Möglichkeit, daß es ein Händler war oder jemand, von dem ich nichts weiß, aber ich muß versuchen, die vorhandenen Spuren zu verfolgen.«

»War er bei der Auktion, von der du soviel geredet hast?«

»Ja.«

»Trotzdem ist damit noch nicht bewiesen, daß er etwas mit der Sache zu tun hat.«

»Er kann aber etwas damit zu tun haben«, entgegnete ich kalt. Ein paar Minuten lang fragte mich Jane aus. Ich erzählte ihr alles, einschließlich der Geschichte mit dem Schraubenzieher. Sie hörte mir aufmerksam zu.

»Hast du irgendwelche praktischen Anhaltspunkte?« wollte sie dann wissen. »Der Schraubenzieher allein bringt dich kaum weiter.«

Das Versteigerungslokal gegenüber begann sich zu leeren. »Es gibt etwas, nur, was es ist, das weiß ich nicht. Ich habe einfach das Gefühl, daß ich den Täter entlarven könnte, wenn es mir gelänge, die Dinge, die mir bekannt sind, in logischen Zusammenhang zu bringen.«

»Laß die Hände davon, Lovejoy. Du gehst dabei kaputt.«

»Vielleicht folge ich deinem Rat.« Und ich glaubte es beinahe selbst, doch im gleichen Augenblick trat Watson aus der Tür des Auktionshauses, und ich war schon auf die Straße gestürzt und zwischen den Autos hindurch auf die andere Seite gerannt, bevor ich auch nur denken konnte.

Er erwartete mich mit reservierter Miene, scheinbar in die Betrachtung eines Schaufensters vertieft.

»Mr. Watson!« stieß ich etwas atemlos und aggressiv hervor. »Mr. Lovejoy?«

»Richtig.«

Er lächelte zögernd. »Ich hätte eine Frage an Sie. Waren Sie ... hm ... Waren Sie an diesen Kleinigkeiten sehr interessiert?«

»Nein«, fauchte ich.

»Das dachte ich mir. Würden Sie mir verraten, weshalb Sie mitgeboten haben?«

»Kümmern Sie sich nicht um mich, mein Freund«, sagte ich rauh. »Aus welchem Grund haben Sic es getan?«

Er war erstaunt. »Ich? Sie gehörten meinem Vater.«

»Wie?« brachte ich gerade heraus, als Jane herangeschlendert kam.

»Mein Bruder hat sie gegen meinen Willen versteigern lassen. Wieso interessiert Sie das?«

»Gratuliere, Lovejoy«, sagte Jane sarkastisch.

»Halt dich da raus«, knurrte ich. »Warum waren Sie bei der Auktion der Sammlung Field?«

Sein Gedächtnis ließ ihn einen Moment im Stich, dann erinnerte er sich. »Ah, Sie meinen, dieser Sammler, der ermordet worden ist?«

»Ja. Was Sie dort gekauft haben, ist mir egal. Ich will nur wissen, weshalb Sie hingegangen sind.«

Sein verdutzter Blick wanderte von Jane zu mir.

»Er hat solche Anwandlungen öfter.« Janes Bemühung, mein Verhalten zu rechtfertigen, beruhigte mich nicht.

»Es ist eine Gewohnheit von mir«, antwortete er würdevoll. »Und auch mein gutes Recht.«

»Dem kann ich nur beipflichten«, warf Jane ein.

Ich schaute mich um. Es hatten sich bereits ein paar Neugierige versammelt, und hinter den Fenstern des Auktionssaales drängten sich die Gesichter.

»Du bist unter Freunden, Lovejoy«, sagte Jane begütigend, und sie fügte an Watson gewandt hinzu: »Er ist normalerweise nicht so. Er war in den letzten Tagen einer ungeheuren nervlichen Belastung ausgesetzt, – der Verlust eines Menschen, der ihm sehr nahe stand, wissen Sie.«

»Meinen Sie, er fängt sich wieder?« fragte Watson besorgt. Das schockierte mich am meisten, daß man über mich sprach, als wäre ich überhaupt nicht anwesend.

»Sein Wagen steht irgendwo in der Nähe. Da drüben.«

Watson und Jane führten mich langsam zu meinem Braithwaite. Ich bebte vor Wut über Janes Bevormundung und Watsons sichtbare Anteilnahme. Wenn ich ihm die Rolle des Mörders zugewiesen hatte, warum benahm sich das Schwein nicht wie ein Mörder?

»Vielleicht sollten Sie ihn erst einmal zu meiner Schwester bringen, – es sind nur ein paar Kilometer.« Sie erörterten meinen Fall, während ich zitterte wie ein scheuendes Pferd. Ich hatte mein Gesicht mit den Händen bedeckt. Ich hörte nur Stimmen, erfaßte aber nicht, was gesprochen wurde, weil mir vom Geruch der Lederpolster und einem überwältigenden Schwindelgefühl entsetzlich übel war. Jane nahm mir die Schlüssel ab, und wir fuhren hinter Watson her.

Den Rest des Tages verbrachte ich in einem mit Spielzeug vollgestopften Zimmer von der Größe einer Streichholzschachtel. Kinder kamen und starrten mich an, während man mir Aspirintabletten und Milch gab – wofür, das weiß der Himmel –, und schließlich döste ich ein und schlief bis zum Morgengrauen. Watson, mein einstiger Feind, richtete sich für die Nacht auf einem Kanapee ein, und Jane fuhr mit einem alten Vehikel heim, nachdem sie erklärt hatte, daß sie mich am Morgen abholen würde. Beim Aufwachen stellte ich fest, daß mir eins der Kinder zur Gesellschaft ein Stoffkaninchen aufs Bett gelegt hatte, ein widerlicher, abscheulicher Anblick für jemanden, der nach einem Nervenzusammenbruch gerade wieder zu sich kommt.

Ansonsten erinnere ich mich nur noch an Watsons Freundlichkeit, die Besorgnis seiner Schwester und Janes immer präsentes, allzu beflissenes Lächeln bei unserem Abschied.

»Ich komme mir wie ein Idiot vor«, sagte ich als letztes, und nachdem wir mehrmals aufgefordert worden waren, bald wiederzukommen, schleppte mich Jane fort. Ich hätte nicht einmal das Haus beschreiben können.

Unterwegs berichtete Jane, daß sie von Geoffrey zur Polizeiwache zitiert und über meinem Verbleib ausgefragt worden war, weil im der Nacht wieder jemand bei mir einzubrechen versucht hatte. Noch ganz erbittert wegen seines gestörten Schlafes hatte ihr unser wachsamer Ordnungshüter in kummervollen Tönen erzählt, wie er beim Schrillen der Alarmklingel aufgewacht war und den Einbruch durch seine Ankunft vereitelt hatte. Der Täter entkam unerkannt.

Ich nahm die Nachricht völlig ungerührt entgegen und starrte zur Decke.

13

Wochen vergingen, in denen ich nur mein Rotkehlchen fütterte und das Wetter beobachtete. Hier und da erschien ein Besucher. Zweimal machte ich Ansätze, mit rostigen Scheren und dergleichen ausgerüstet etwas Gartenarbeit zu verrichten, doch im Grund habe ich davon noch nie sehr viel gehalten. Schließlich schaden Gras und Büsche ja niemandem, wenn sie wachsen.

Haben Sie schon einmal längere Zeit zu Hause herumgehangen? Man steht auf und macht Frühstück, schaltet das Radio ein und spült das Geschirr. Dann beschäftigt man sich mit Saubermachen und Waschen, und das wär's auch bereits. Weiß der Himmel, worüber Hausfrauen immer stöhnen. Ich begann meinen Tag um halb acht und war um zehn Uhr mit allem fertig. Nicht, daß mir das etwas gebracht hätte. Margaret kam als erste und versorgte mich mit Lebensmitteln, und Jane schaute mit Adrian herein. Jimmo besuchte mich und einen Tag später Tinker. Doch nach einer Woche blieben sie alle aus. Ich war sehr froh, denn ich hatte keine Lust zu reden, und sie fühlten sich nur unbehaglich. Wenn es um Nervenzusammenbrüche geht, sind die Leute immer peinlich berührt. Es ist eine schicke, markige Sache, sich das Bein zu brechen, doch einem Nervenzusammenbruch geht man am besten aus dem Wege. Selbst mit der Pest ist man da besser dran. Vielleicht denken die Leute, ein Nervenzusammenbruch sei ein Zeichen für Labilität und finden, daß man sich besser beherrschen müßte. Jedenfalls habe ich aus der Erfahrung gelernt, daß jegliche Form von Schwäche in höchstem Maße suspekt ist. Warum, das ist mir ein Rätsel.

Ein Teil meiner Schwierigkeiten rührte daher, daß ich mich mit Nervenzusammenbrüchen, wenn ich auch davon gehört hatte, nicht genau auskannte. Ich wußte nicht, wie es dazu kam, und schon gar nicht, was dabei vorging; auf jeden Fall hatte sich meine Unrast verflüchtigt, meine Ängste waren verschwunden, meine Interessen ausgelöscht. Mich konnte nichts mehr aus der Ruhe bringen. Ich war schmutzig, unrasiert, ungewaschen, eßunlustig und ungekämmt, aber gelassen. Das Allerschlimmste war, daß ich über Sheilas Tod keinen Schmerz mehr fühlte. Margaret machte noch einen zweiten, dann einen dritten Besuch, ließ diskret etwas Geld auf dem Kaminsims liegen und bemerkte dazu, ich solle nur ja nicht vergessen, es ihr zurückzugeben. Ich murmelte irgend etwas vor mich hin. Danach kam niemand mehr. Die Briefe lagen unbeachtet neben der Tür.

Als aus den Tagen Wochen wurden, begann sich etwas im mir zu regen. Es war ein richtiges Erwachen. Mein ausgeschalteter Verstand mußte irgendwann instinktiv erkannt haben, daß es sinnlos war, die Dinge zu überstürzen, und hatte sich eine Ruhepause gegönnt. Ganz unmerklich kam ich wieder zu mir. Das erste, woran ich mich bewußt erinnere, ist, daß ich mir Würstchen heiß machte und ausgetrocknetes Brot dazu aß. Ein paar Tage darauf fing ich an, bewußte positive Schritte zu unternehmen. Ich rasierte mich. Am nächsten Tag rasierte ich mich und wusch mich, danach badete ich mich und zog saubere Sachen an. Es dauerte ungefähr sechzehn Tage, bis ich wieder vorzeigbar war. Auch das Cottage war nun in halbwegs annehmbarem Zustand. Ich ging jeden Morgen eine Weile im Garten auf und ab, und einige Tage lang wusch ich anschließend meine Wäsche in der Münzwäscherei, unter erheblichen Schwierigkeiten, wie man sich vorstellen kann.

Eines Abends griff ich nach einem Katalog und merkte, daß mein Interesse für Antiquitäten, das sich wie alles andere urplötzlich verflüchtigt hatte, wieder aufflackerte. Am nächsten Tag beantwortete ich bereits Briefe und traf Entscheidungen, nur etwas langsamer als sonst.

In der vierten Woche war ich bereit, es wieder mit der Welt aufzunehmen.

Ich besuchte als erstes eine Auktion in Colchester und zwei Tage später eine andere in Bury St. Edmunds. Es gab mir ungeheuren Auftrieb, daß mein Notgeld auf einem Münzmarkt einen guten Preis erzielte. Niemand brach während meiner Abwesenheit bei mir ein. Allmählich fand ich zu normalem Verhalten zurück. Sechs Wochen nach der Versteigerung in Maltan Lees ging es mir wieder einigermaßen gut. Ich mied zwar meine Freunde noch und sprach bei zufälligen Begegnungen nur, wenn man mich anredete. Doch es kamen schon wieder Briefe und Anrufe. Als ich endlich wieder ganz auf dem Damm war, meldete ich mich telefonisch bei Field. Er war sehr erleichtert.

»Tut mir leid, daß Sie so krank waren. Was hatten Sie denn?«

»Ach, wissen Sie«, entgegnete ich abwehrend, »ich scheine irgendeinen Virus aufgeschnappt zu haben.«

Nachdem er mir einige therapeutische Ratschläge gegeben hatte, sprach er von den Zuschriften auf die Annonce. »Eine Unmenge Briefe, und einige davon sollten Sie sich schon anschauen.«

»Das werde ich tun.«

Wir verabredeten uns, und ich hängte ein. Da ich mich stark fühlte, wählte ich gleich anschließend die Nummer vom *White Hart* und fragte nach Tinker.

»Hier Lovejoy«, begrüßte ich ihn. »Was gibt's Neues?«

»Gott, ist das 'ne Freude, deine Stimme wieder zu hören!« rief er aus. »Wie geht's dir?«

»Nicht schlecht.« Sein Überschwang machte mich verlegen.

»Wann kommst du in die Stadt?«

»Oh, vielleicht morgen. Ich werde mich mal in der Arkade zeigen.« Eigentlich fand ich die Idee gar nicht so verlockend, aber ich konnte meinen Besuch ja immer noch verschieben. Er berichtete mir ausführlich über die Vorgänge auf dem Markt, und ich genoß jedes Wort und unterbrach ihn erst, als seine Stimme heiser wurde.

»Danke, Tinker. Ich sehe dich also vermutlich morgen.«

»Fein, Lovejoy. Bis dann.«

Das war genug Aufregung für einen Tag. Ich zog die Vorhänge zu und holte mir die Auktionslisten, die während meiner Krankheit angekommen waren. Während ich gemütlich dasaß und die Listen durchschaute, zogen wie auf einem Filmstreifen Gesichter an mir vorüber, die ich bei den verschiedensten Gelegenheiten gesehen hatte. Tinker Dill war praktisch überall, wo ich mich aufgehalten hatte, seit mir die Suche nach dem Judas-Paar aufgetragen worden war. Und Jane. Und Adrian. Dandy Jack. Und natürlich Watson. Merkwürdigerweise auch Reverend Lagrange, der doch gar nicht in dieser Gegend wohnte. Nun, er hatte ja erklärt, er besuche als guter Freund der Familie oft Muriel Field. Hatten Geistliche so viel Freizeit? Dann waren da noch Margaret, Brad, Dick Barton und ein paar Gesichter, die seltener in Erscheinung traten, so daß sie fast unbemerkt blieben.

Aber ist es nicht gerade das, was Mörder auszeichnet?

An diesem Nachmittag hielt ich eine Tasse Tee für die Briefträgerin bereit, ein nettes, pummeliges junges Ding, die zusammen mit ihrem Bruder unseren Postdienst versah.

»Ich habe gerade Tee aufgebrüht, Rose. Kommen Sie doch rein.«

»Was machen Sie bloß mit all den Zeitschriften, Lovejoy?« Sie lehnte ihr Fahrrad gegen die Tür, gab mir einen Packen Kataloge und zwei Briefe und ließ sich dann erleichtert auf den Diwan fallen.

»Viel zu tun gehabt?« Ich wußte schon, daß sie zwei Löffel Zucker nahm.

»Fragen Sie mich nicht!« Sie grinste.

»Um wieviel Uhr fangen Sie an?«

»Um fünf, aber die Post muß ja auch sortiert werden.« Sie lehnte sich zurück. »Ich dachte schon, Sie wären wieder mal mit einer Ihrer Freundinnen beschäftigt.«

»Sie sind viel zu jung für solche Spekulationen.«

»Na, wenn Sie ... Damenbesuch haben, kann Sie doch manchmal das ganze Dorf hören!«

»Tatsächlich?« fragte ich bestürzt.

»Ja.« Sie kicherte. »Sie bringen uns alle in schreckliche Verlegenheit, und ganz besonders die Leute meines Alters, die durch das sündhafte Beispiel verruchter Männer leicht auf die schiefe Bahn geraten können.« Sie lachte.

»Die Leute sollten eben nicht hinhören.«

»Ja, Sie müssen sich schon damit abfinden, daß Sie einen tollen Ruf haben, Lovejoy.« Sie beäugte mich. »Sie sind der aufregendste Typ im Dorf.«

Das war etwas ganz Neues für mich. »Na«, meinte ich, »unser Musiker übertrifft mich doch bestimmt.« Bei uns gibt es einem Mann, der ein bislang noch völlig unbekanntes Musikinstrument herstellt. Es läßt sich nicht darauf spielen, was für ein Musikinstrument ein gewisses Handikap ist. »Verglichen mit Ihnen ist er todlangweilig.«

»Und dann ist da noch unser Prediger.« Das ist ein Bursche, der zu allen möglichen Tages- und Nachtzeiten aus irgendwelchen Eingebungen heraus Predigten losläßt. An sich sehr lobenswert, in dieser unmoralischen Welt tiefe religiöse Überzeugungen zu haben. Aber vor Bäumen, Zaunpfählen und Bushaltestellen zu predigen, ist wohl doch nicht die beste Art, mit gutem Beispiel voranzugehen.

»Nicht einmal der Prediger kann sich mit Ihnen messen.«

»Was ist denn so Besonderes an mir?« Ich war fasziniert.

»Erstens das alte Zeug, das Sie sammeln. Und dann der irre alte Wagen ...«

»Weiter.«

»Und Ihre ... Damenbesuche.«

»Na«, meinte ich zögernd, »die waren ja in letzter Zeit selten. Ich war krank. Das haben Sie sicher bemerkt.«

»Ja.« Sie goß sich noch eine Tasse ein und rührte den Zucker um. »Sie hatten eine besonders gute Freundin, nicht wahr?«

»Sheila.«

»Na, besser als diese schlampige Brünette mit den gräßlichen Zähnen.«

»Wen meinen Sie denn?«

»Es war vor ungefähr vier Monaten. Erinnern Sie sich nicht? Gleichzeitig hatten Sie noch diese unsympathische verheiratete Dame, die immer so unfreundlich war.«

»Führen Sie etwa Buch über meine Freundinnen?«

Sie grinste. »Ich komme doch jeden Tag – da kann einem kaum was entgehen.«

»Vermutlich.«

»Hat sie Ihnen den Laufpaß gegeben?« erkundigte sie sich mitfühlend.

»Wer?«

»Sheila.«

»Nein.« Ich schöpfte tief Atem. »Sie ist leider gestorben.«

»Oh.«

»Ist schon gut.«

»Es tut mir leid. War es das, was ...«

»Was mich so mitgenommen hat? Ja, wird wohl so sein.«

»Haben Sie ihretwegen ... jemanden umbringen wollen?« Es hatte sich also herumgesprochen. Na ja, eigentlich kein Wunder.

»Wo haben Sie das gehört?«

»Das ganze Dorf hat darüber geredet. Wir waren alle schon fürchterlich aufgeregt.«

»Na, dann können Sie sich jetzt wieder abregen. Ich habe mich beruhigt.«

»Oh.« Statt erleichtert über meine Befreiung von sündhaften, meuchelmörderischen Gedanken zu sein, war sie sichtlich enttäuscht.

»Manchmal wundere ich mich über euch Frauen. Ihr zeigt brennendes Interesse, solange ihr glaubt, daß ich durchdrehen und einen armen, ahnungslosen, unschuldigen Mitmenschen hinschlachten werde, und wenn ich wieder vernünftig bin, findet ihr das langweilig.«

»Sie müssen doch zugeben, Lovejoy, daß das andere spannender ist. Im übrigen haben Sie sich ja schnell getröstet.«

»Wie meinen Sie das?«

»Ich wäre ihr neulich abends beinahe begegnet. Jedenfalls hab' ich ihr hübsches blaues Moped, das sie immer in der Hecke versteckt, schon zweimal gesehen.« Sie streckte mir die Zunge heraus.

»Wirklich, ich weiß nicht, wovon Sie reden.« Ich grinste dümmlich. »Vielleicht war's ein Waldarbeiter?«

»Wollen Sie mich auf den Arm nehmen?«

»Ganz und gar nicht.« Es fiel mir schwer, munter weiterzulächeln.

»Kann sie sich keinen Wagen leisten, Lovejoy? Oder kommt sie mit dem Moped, weil man das im Dunkeln kaum hört und es leichter zu verstecken ist?« Sie schnaubte verächtlich. »Sie halten uns offenbar für total verblödet, wie?«

Ich ergab mich mit einem breiten Grinsen. »Na gut. Natürlich ist die Sache viel harmloser als Sie glauben.«

»Unten im Pub werden schon Wetten abgeschlossen.«

»Worum geht es?«

»Ob Sie bald im Hafen der Ehe eintrudeln.«

»Hinaus!« sagte ich theatralisch, und sie flitzte kichernd zur Tür. »In der Phantasie dieser klatschsüchtigen Bande von Schnüfflern werden Sie vermutlich jetzt vergewaltigt.«

»Soll das ein Angebot sein?«

»Seien Sie bloß nicht so frech zu älteren Leuten!«

Wir lachten beide. Sie radelte davon, und ich ging hinein, um nachzudenken.

Rose fing also um fünf zu arbeiten an, doch bevor sie ihre Runde machte, mußte sie die Post sortieren. Das nahm ungefähr eine Stunde in Anspruch. Sie war demnach morgens gegen Viertel nach sechs bei mir. Ihr Nachmittagsrundgang war in zeitlicher Hinsicht unbestimmter, je nachdem, mit wie vielen Leuten sie unterwegs schwatzte. Sie mußte das Moped zu einer höchst unchristlichen Zeit, um sechs Uhr morgens, erspäht haben. Wie hell mochte es um diese Stunde sein?

Ich schloß ab, warf dem Rotkehlchen ein wenig Brot und Käse zu und verließ den Garten. Unsere gewundene, nur drei Meter fünfzig breite Straße ist eigentlich nicht viel mehr als ein Weg, der beiderseits von hohen Weißdorn- und Schlehenhecken eingefaßt ist und, von meinem Cottage aus gesehen, ganz leicht nach rechts abfällt. Mein Anteil an der Hecke beträgt sechzig Meter. Das Haus gegenüber ist weit zurückgesetzt, genau wie meines. Den Eigentümer, einen asketischen Knaben, der sich für Boote und Rasenmäher interessiert, während seine Frau für Opernarien schwärmt, bekomme ich kaum je zu Gesicht. Sie haben zwei erwachsene Kinder, die in regelmäßigen Zeitabständen mit ihrem Nachwuchs Besuche machen. Wenn man die Straße hinuntergeht, gelangt man zu einem Gehölz, das an meinen Garten angrenzt. Irgend jemand hatte dort einmal eine Lattentür in der Hecke angebracht, vielleicht, um Schweine in das Wäldchen treiben zu können. Sie ist inzwischen halb zerfallen und hängt nur noch lose in den Angeln. Wendet man sich in die entgegengesetzte Richtung, so kommt man zu einem Birken- und Haselnußgehölz, hinter dem zwölf Häuser dicht beieinanderstehen; dann verbreitert sich der Weg allmählich und stößt schließlich bei der Kapelle auf die Hauptstraße. Es gibt nicht viel Verkehr bei uns, denn unsere schmale Straße führt zwar zum nächsten Dorf, doch da man unten eine Senke durchqueren muß, in der meist Wasser steht, wird sie wenig benutzt, nur vom Milchkarren, den Besuchern der Anlieger sowie von Spaziergängern und Radfahrern und ab und zu einem Autofahrer, der um der reizvollen ländlichen Szenerie willen die Wasserrinne auf sich nimmt. Man kann auf diesem Weg auch wieder zur Dorfstraße gelangen, doch nur mit dem Rad oder zu Fuß. Für Wagen bleibt keine andere Möglichkeit, als weiterzufahren und die Brücke über den Fluß zu benutzen.

Das machte mich nachdenklich.

Wer immer das Cottage unbemerkt beobachten wollte, konnte – ganz gleich, ob er einen Spaziergang von der Kapelle zum Fluß vortäuschte oder von unten kam –, im Gehölz Deckung suchen und sich im Schutz der Bäume an das Haus schleichen. Das Moped ließ allerdings darauf schließen, daß er – sie? – nicht im Dorf wohnte, sondern von der anderen Seite des Flusses kam. Das Moped wurde sicher das letzte Stück geschoben und dann in der Hecke versteckt, bevor sie sich dem Cottage näherte – wahrscheinlich in der Absicht, in einem günstigen Augenblick einzudringen und den Schraubenzieher an sich zu bringen. Sie? Es konnte ebensogut ein Mann wie eine Frau sein.

Ich kam zu dem offenen Tor, auf das ich seit Jahren nicht mehr geachtet hatte. Es gab nur zwei Stellen in meiner Hecke, die als Versteck dienen konnten, und beide waren unberüht. Es mußte hier sein. Und tatsächlich war hinter dem morschen Pfosten das Brombeer- und Weißdorndickicht zerdrückt. Ein paar Zweige waren abgeknickt, und weiter drinnen war der Boden aufgewühlt. Ich entdeckte Radspuren. Die Vorstellung, daß ich einen heimlichen Beobachter hatte, der mir nachspionierte, war widerlich. Ich suchte das Gehölz ab, und nach einer Stunde fand ich die Stelle, wo sich der Eindringling aufgehalten hatte. Es gab dort einen schützenden Baumstumpf, von dem aus man die Haustür, einen Teil des Kiespfades, den Wagen, das seitliche Küchenfenster und zwei Vorderfenster überblicken konnte. Es war ein unangenehmes Gefühl, daß jemand hier lauerte und mich überwachte. Ein Schauder durchrieselte mich.

Ich ging weiter und stellte fest, daß man sich bis auf dreißig Meter dem Haus nähern konnte, ohne Gefahr zu laufen, von drinnen bemerkt zu werden. Und daß dann sowohl die Eingangstür als auch die Hintertür im Blickfeld lag. Ich konnte also das Cottage weder ungesehen betreten noch verlassen, und das störte mich bei alledem an meisten.

Vorsichtig, um keine Spuren zu hinterlassen, stieg ich über das Brombeergestrüpp hinweg und stand auf meinem Rasen. Es hatte einmal ein Zaun existiert, doch der war schon längst vermodert. Wie unter einem Zwang warf ich einen Blick zurück; ich sah jetzt das Gehölz und die Hecke, in deren Schutz ich mir bisher so geborgen vorgekommen war, mit völlig anderen Augen. Selbst die Büsche auf meinem Rasen gaben mir ein Gefühl des Unbehagens. Und damit nicht genug, als ich drinnen war, bildete ich mir sofort ein, alle möglichen Geräusche zu hören, was normalerweise überhaupt nicht meine Art ist.

Mein Cottage war ein strohgedecktes Fachwerkhaus, wie sie hier in der Gegend häufig zu finden sind. Sie haben Jahrhunderte überdauert, sind im Sommer kühl und im Winter trocken und bieten die besten Voraussetzungen für die Lagerung von Antiquitäten.

So unsinnig es war, immer wieder ertappte ich mich dabei, daß ich zu dem Wäldchen hinüberschaute. Ich wußte nun, daß er oder sie nicht viel erkennen konnte, sofern ich nicht ganz nahe am Fenster stand. Doch meine eigene Sicht war viel begrenzter, denn das Dickicht bildete am Rande meines Grundstücks eine fast undurchdringliche Mauer. Überdies hatte das Cottage zwei fensterlose Seiten.

Es war zum Teil meine eigene Schuld, daß ich in dieser üblen Klemme steckte, die an meinen Nerven zerrte. Ich hatte Geoffrey vergrault, alle meine Bekannten verscheucht und mir den Ruf eines schwachsinnigen Narren eingehandelt. Es würde lange dauern, all das wieder auszubügeln. Ich konnte mich auch nicht darüber beschweren, daß das Cottage so einsam lag und kein modernes, sicheres Haus war, denn genau das hatte ich ursprünglich ja so anziehend gefunden. Und mein Kellerversteck, das mir jetzt nutzlos vorkam, weil es keine Tür nach draußen aufwies, hatte bisher alle Vorteile in sich vereint, die ich brauchte: es war gut getarnt, man konnte sich ungestört darin aufhalten, und es war gut belüftet. Zwei Luftschächte von etwa fünfzehn Zentimeter Durchmesser führten zu einer Stelle, etwa dreißig Zentimeter von der Hausmauer entfernt, sie war mit einem in das Gras eingelassenen und teilweise überwucherten Tonrost abgedeckt. Ich achtete darauf, daß sich nicht allzu viel Grünzeug darüber verbreitete, damit die Luft zirkulieren konnte, und keine unerwünschte Feuchtigkeit meine Antiquitäten gefährdete.

Die Uhr schlug halb fünf, was hieß, daß der Dorfladen noch geöffnet war. Im jäher Eile steckte ich etwas Geld ein und stürzte zum Wagen hinaus, wo mir die Türschlösser und die Alarmanlage einfielen. Fluchend kehrte ich um und kam dann gerade noch fünf Minuten vor Ladenschluß zu Mrs. Weddell. Sie musterte mich sehr kritisch, um eventuelle Anzeichen fortschreitenden Verfalls zu registrieren, fand aber keine. Da ich weiß, daß der Dorfklatsch bei uns in Essex vornehmlich von unheilvollen Nachrichten lebt, zeigte ich eine strahlende Miene und erkundigte mich nach ihrer Gesundheit. Sie schien zu bedauern, daß mein Ableben noch nicht bevorstand, und reagierte äußerst kläglich auf mein Lächeln. Dazu kam, daß ich genug Lebensmittel kaufte, um ein Bataillon zu sättigen, und zu munteren Scherzen aufgelegt war. »Ich bin zu der Erkenntnis gekommen, daß ein dicker Mann auch ein glücklicher Mann ist, Mrs. Weddell«, sagte ich zu ihr. »Ich werde zusehen, daß ich ein bißchen Gewicht ansetze.« Und lachend verließ ich ihr Geschäft.

Es fiel mir ungeheuer schwer, das Gehölz nicht nach dem Eindringling abzusuchen, als ich zu Hause ankam. Leise pfeifend lud ich betont nonchalant die drei Tragetaschen aus und unterdrückte mein schier übermächtiges Verlangen, wenigstens einen verstohlenen Blick dorthin zu werfen.

Als es dunkelte, brachte ich es zunächst nicht fertig, die Vorhänge zuzuziehen, weil ich nun ohne Risiko für mich selbst zu dem Wäldchen hinüberschauen konnte. Aber dann tat ich es doch, um den Anschein zu erwecken, daß alles so ablief wie sonst. Den ganzen Abend saß ich lauschend da, vermied jedes Geräusch, und auch meine Essensvorbereitungen gingen fast lautlos vonstatten. Hunderte von Malen hörte ich draußen etwas, und mir fiel das Studentenheim ein, in dem sich ein lernbegieriger Bursche über seinen Nachbarn beklagte, der im Nebenzimmer ein Mädchen zu Besuch hatte. »Es ist nicht der Lärm, es sind die Momente absoluter Stille, die ich nicht ertragen kann!«

Die Entfernung schrumpfte in meiner Einbildung. Man konnte aus dem Gebüsch heraus sehr leicht jemanden erschießen, vor allem, wenn einem das Töten schon zur Gewohnheit geworden war und man den einzigartigen Vorteil hatte, eine unendlich kostbare Steinschloßpistole zu besitzen, die als Mordwerkzeug keinerlei Spuren hinterlassen würde. Wenn er jedoch etwas anderes versuchte, so war ich hier ziemlich geschützt. Ich hatte genug Lebensmittel, Milch und Wasser, um mehr als eine Woche zu überstehen, und die Möglichkeit, jederzeit telefonisch Hilfe zu holen.

Und die geladenen Mortimer-Pistolen unter der Steinplatte.

Plötzlich klingelte das Telefon, und ich fuhr erschrocken hoch. Es war Margaret. Sie hatte gehört, daß es mir besser ging, und schwatzte eine volle Minute über Antiquitäten. Es war nett von ihr, und ich drängte sie, mich bald wieder einmal anzurufen. Dann ging uns der Gesprächsstoff aus.

»Besuch mich, wann immer du Lust hast«, sagte sie noch. Sie wohnte in Fordleigh, dem Nachbardorf. Ich versprach es, obwohl es mir eigentlich darum ging, daß sich einige Freunde nach mir umschauten. Ich machte ein paar verlockende Andeutungen, die Adrian, Tinker und Harry dazu bewegen sollten, mich anzurufen. Sie würde die Botschaft schon weitergeben.

Der Rest des Abends verging ereignislos. Später wünschte ich mir, daß ich mich ausgeruht und meine Kraft geschont hätte.

14

Ich tat kein Auge zu und war schon lange vor Tagesanbruch auf den Beinen, fest entschlossen, eine Runde bei meinen Mitmenschen zu machen. Der alte muntere Lovejoy würde sich in der Öffentlichkeit zeigen, wie es Politiker so gerne tun, um zu demonstrieren, daß sie noch jung und dynamisch sind. Die Nacht hatte mich gelehrt, wie allein ich war.

Neue Überlegungen hatten meine Nervosität noch verstärkt. Ich wußte zwar nicht, wer Sheila getötet hatte, doch der Mörder war mir auf den Fersen. Die Welt der Sammler ist klein. Früher oder später würde ich ihm über den Weg laufen, und es war unerheblich, ob ich ihn erkannte oder nicht. Für ihn repräsentierte ich stets ein Risiko.

Ich fuhr zu George Field und holte die Zuschriften auf seine Annonce ab. Die, von denen sich Field am meisten erhoffte, erwiesen sich als Nieten. Enttäuscht versprach ich ihm, alle aufmerksam zu lesen, und verabschiedete mich. Mein nächstes Ziel war Muriels Haus. Ich genoß die Fahrt, obwohl ich unzählige Male in den Rückspiegel schaute, um mich zu vergewissern, daß mir kein blaues Moped folgte.

Muriel schien sich über meinen Besuch aufrichtig zu freuen. Sie war sehr jugendlich gekleidet und sah blendend aus. Der Unterschied zwischen der unsicheren Frau, die ich vor ein paar Wochen kennengelernt hatte, und der strahlenden Schönheit, die jetzt vor mir stand, war auffallend. Ich wurde genötigt, mit ihr Kaffee zu trinken. Wir setzten uns auf die Terrasse, und eine alte Frau brachte den Kaffee. Der Tisch war mit Sheffield-Silber und Spode-Geschirr gedeckt.

Während wir plauderten und unseren Kaffee tranken, genoß ich die friedliche Geborgenheit dieses Hauses. Hier, wo zwei treue

Gärtner und ein paar ältliche Hausangestellte, denen nichts entging, ihre Herrin behüteten, brauchte ich keine Späher zu fürchten. Geld vermag viel, – es bedeutet auch Sicherheit. Muriel erzählte von ihrem Vater, ihren Tanten, dem Interesse ihrer Mutter an Spiritismus (… »aber das war eben damals Mode, nicht wahr?«) und ihrem ererbten Reichtum. Eric war offenbar ebenso vermögend gewesen wie sie, als sie sich kennenlernten.

»Werden Sie hier bleiben, Muriel?« fragte ich.

Sie wandte den Blick ab. »Das kommt darauf an.«

»Worauf?«

»Oh, auf alles mögliche.« Der Anflug eines nachdenklichen Lächelns erschien auf ihrem Gesicht. Aha. Ich begann sie über Eric auszufragen, und während sie munter von ihrem wesentlich älteren Ehemann sprach, überlegte ich, wie sie wohl darauf gekommen war, ihn zu heiraten, unterdrückte aber diese unziemlichen Gedanken sofort wieder.

»Er hatte echten Sinn für Humor«, sagte sie in diesem Augenblick lächelnd.

»Es ist jetzt sicher viel stiller bei Ihnen«, warf ich ein. »Oh …« Aus irgendeinem Grund zögerte sie.

»Ich meine, es kommen weniger Besucher. Sie werden nicht mehr so oft mit Händlern und Sammlern konfrontiert, die immer nur Antiquitäten im Kopf haben und sich für Menschen fast gar nicht interessieren.«

»Nein.« Sie sah, daß meine Tasse leer war, und stand etwas abrupt auf. »Ich habe Ihnen das Haus noch gar nicht richtig gezeigt, oder?«

»Hm … nein, aber …« Ich war ein bißchen überrascht.

»Kommen Sie.«

Verwirrt folgte ich ihr ins Haus, und als sie auf die Treppe zuging, fragte ich: »Würde es Sie sehr stören, wenn ich Sie bäte, mir das Zimmer zu zeigen, in dem Eric gefunden wurde?«

Zu meinem Erstaunen blieb sie ganz ruhig. »Überhaupt micht. Ich dachte mir schon, daß es Sie interessieren würde.«

Der Raum grenzte an die mit Marmorfliesen ausgelegte Halle und hatte eine wunderschöne Eichentäfelung, die etwa aus der Zeit um achtzehnhundertundsechzig stammen mochte. Muriel hatte mit unfehlbarem Geschmack dafür gesorgt, daß besonders viel Tageslicht in dieses Zimmer traf, indem sie schwere Samtvorhänge wählte, die die hohen Fenster umrahmten, ohne sie zu verdecken.

»Es gefällt mir ausgezeichnet.«

»Mein Mann benutzte es für seine Sammlung und als Arbeitszimmer. Als Eric noch lebte, kam ich selten hierher.« Sie schlenderte herum und berührte geistesabwesend hier und da einen Gegenstand, ein Buch, den Schreibtisch, eine Leselampe. Ein kleines Ölgemälde von Wilson, genauso groß wie das verschollene Bild eines italienischen Wasserfalls, hing dem Schreibtisch gegenüber und löste ein Klingelzeichen in mir aus. Doch hier war Behutsamkeit geboten, und so registrierte ich vorerst nur die Fakten und äußerte mich nicht darüber.

»Ich habe sie vor zudringlichen Aufkäufern gewarnt«, sagte ich dann.

»Ich weiß. Aber Erics Sammlung ist ja längst aufgelöst, also habe ich nichts zu befürchten.«

»Sehen Sie ab und zu noch Bekannte von ihm?«

»Nein«, erklärte sie mit fester Stimme.

»Keine Sammler?« Sie zögerte einen Moment und verneinte nochmals. Ich zuckte insgeheim die Achseln. Es ging mich nichts an.

Wir blickten auf die sanftgeschwungenen Rasenflächen hinaus. Muriel sprach von ihren Plänen für den Garten. Ich ließ sie reden und starrte mit dümmlichem Lächeln auf die Blumenbeete.

Im Fenster spiegelte sich ein kleiner Mahagoni-Beistelltisch aus der Viktorianischen Epoche, auf dem alles bereitstand, was man für die Teezeremonie brauchte. Als Eric noch lebte, kam ich selten hierher, waren ihre Worte gewesen. Demnach tat sie es jetzt ziemlich häufig. Und wer immer der Besucher war, – es mußte sich um einen bevorzugten Gast des Hauses handeln, dem die gemütliche Intimität eines von allen bitteren Erinnerungen befreiten exklusiven Raumes zuteil wurde. Ich mußte mich mit der Terrasse begnügen. Holla.

Das würde ihr nachdenkliches Lächeln erklären, als ich sie fragte, ob sie hierbleiben wolle. Das hinge von allem möglichen ab, hatte sie gesagt. Vielleicht erklärte es auch ihren Unwillen über meine unglückliche Äußerung, daß Sammler sich kaum jemals für Menschen interessierten. War er demnach ein Sammler? Ich dachte an ihren frommen Freund. Wesentlich älter als sie, aber die Jahre spielen im Grunde ja keine große Rolle.

Nun, seit dem Tod ihres Mannes war schon einige Zeit verstrichen. Früher oder später mußte sie jemand anders kennenlernen. Man konnte es ihr oder ihm nicht verübeln. Ich empfand tatsächlich ein bißchen Eifersucht und konnte nicht umhin, mir auszurechnen, wieviel ich mit Muriels Vermögen kaufen könnte. Ich würde mit Jasperware von Wedgewood beginnen. Dann würde ich … Laß das, es führt zu nichts, Lovejoy.

»Kommen Sie, begleiten Sie mich hinaus«, bat ich sie.

»Ich hole meinen Mantel und fahre mit Ihnen bis zum Tor.« Ich wußte bereits, daß ich heute keinen Kuß bekommen würde. Man merkt es, wenn eine Frau von jemand anderem fasziniert ist. Ihre lebhafte, vergnügte Art galt nicht mir. Es war Vorfreude auf etwas, was erst noch kam. Als ich sie am Ende der Einfahrt absetzte, warf sie mir eine Kußhand zu.

Ein Kind, dachte ich, sie ist einfach ein Kind, das nach einer heilen Welt verlangt und instinktiv die schützende Hülle des Reichtums nutzt, um der Welt diesen intakten Anschein zu geben. Er müßte glücklich sein, der Mann, den sie liebte.

Im *White Hart* wurde es etwas stiller, als ich eintrat, aber wenn ein Verrückter irgendwohin geht, sind die Leute immer auf der Hut, wenn sie sich auch noch so sehr bemühen, normal auszusehen. Tinker kam tapfer von der anderen Seite der Theke herüber, um sich mit mir zu unterhalten, doch Jimmo und Harry Bateman waren offenbar zu beschäftigt und brachten nicht einmal ein Nicken zustande. Ich zeigte mich gelassen und völlig unbefangen und redete eifrig über Antiquitäten. Nach einer Weile bot mir Jane, die abwartend auf ihrem Hocker gesessen hatte, ein paar seltene Bucheinbände an, obwohl ich solche Dinge normalerweise nicht einmal mit einer Beißzange anfassen würde und sie das wußte, und Adrian begrüßte mich gerade nur ein bißchen weniger überschwenglich als sonst.

Tinker hatte eine Quelle für antike Violinen aufgetan und einen Sammler, der alte Schubkarren suchte, wie man sie in Gärten benutzte.

»Ein verrückter Haufen, diese Leute«, bemerkte ich und nickte Dick zu, der soeben hereingekommen war und mir zuwinkte. Zwei auswärtige Händler, die meine Geschichte nicht kannten, fingen ein Gespräch mit mir an, und bald tätigten wir schon provisorische Geschäftsabschlüsse. Ted, der Barmann, freute sich über mein absolut normales Aussehen und bediente mich mit besonderem Vergnügen, als ich Pastete, Pickles und Käse bestellte.

»Fein, daß Sie wieder auf dem Damm sind, Lovejoy«, strahlte er.

»Danke, Ted.«

»Alles in Ordnung jetzt?«

»Na ja, ab und zu fühl ich mich noch etwas wacklig auf dem Beinen«, sagte ich.

Mit offenkundiger Erleichterung erklärte er, das sei verständlich. »Meine Frau hat auch so'n Virus gehabt«, sagte er. »Konnte einen Monat nicht arbeiten. Es wird Zeit, daß sich die Wissenschaft mal mit solchen Dingen befaßt, statt immer nur das Rauchen zu verteufeln.«

Mein Zusammenbruch war also zu einem Virus degradiert (oder befördert?) worden. Na gut, mir sollte es recht sein.

Ich fühlte mich ungeheuer wohl in meiner alten Umgebung. Meine Probleme schwanden und meine Ängste wichen, während wir über alles mögliche redeten, von der Kleidung venezianischer Gondolieri in der Renaissance bis zu Relikten aus den frühen Tagen des Wildem Westens. Es war wunderbar, anheimelnd und tröstlich.

Dann bemerkte ich, daß es draußen dunkel war.

15

Ich stand auf, und man wünschte mir von allen Seiten gute Nacht, genau wie früher. Die beiden Fremden versprachen, am nächsten Tag gegen zwölf Uhr wieder im *White Hart* zu sein, und ich verabschiedete mich von ihnen.

Die Straße zu meinem Cottage wollte kein Ende nehmen. Und sie war so still wie nie zuvor. Ich hatte den Eindruck, daß mein Wagen überlauten Krach machte. Der Mond verschwand immer wieder hinter den Wolken. Es war eine jener Nächte, im denen die Mondschatten entweder beunruhigende Zusammenballungen bilden oder sich in Form unheimlicher Flecken, die den Boden unsichtbar machen, über mondhelle Wege verbreiten.

Leider traf ich bei der Kapelle niemanden, den ich zur Stärkung meines Muts hätte mitnehmen können. Als ich vor meiner Haustür ankam und das Motorengeräusch verstummte, kreiste mich sofort die Stille ein und blieb irgendwie in der Finsternis um mich herum. Ich stellte meine Alarmanlage ab und ging ins Haus, Sogar das Cottage schien beunruhigt, das elektrische Licht wirkte bleich. Ich untersuchte die winzige Diele nach Spuren, fand jedoch kein Zeichen, das auf einen Eindringling hingewiesen hätte. Meine Nervosität legte sich nicht. Ich zog die Vorhänge zu und knipste die Wohnzimmerlampen an. Zuerst wollte ich das Fernsehgerät einschalten, doch dann überlegte ich mir, daß damit eventuelle Geräusche von draußen überdeckt würden.

Ich machte mir etwas zu essen, obwohl ich gar nichts wollte, und beschloß, das Radio für ein paar Momente anzudrehen. Wenn ich es dann abstellte, sah es vielleicht so aus, als wollte ich zu Bett gehen. Ein zweiter Geistesblitz war die Idee, das Dielenlicht auszuschalten und vorsichtig die Haustür einem Spalt zu öffnen – gerade genug, um die Alarmanlage in Betrieb zu setzen. Normalerweise tat ich das nicht, wenn ich zu Hause war, aber in diesem Fall erschien es mir beruhigend, daß niemand in meine Nähe gelangen konnte, ohne Geoffrey im seiner Dienstwohnung zu wecken. Selbstverständlich würde es eine Weile dauern, bis er mit seinem Fahrrad bei mir wäre, aber ich konnte den Kerl ja so lange festhalten.

Ein mutigerer Mann hätte vielleicht eine Waffe ergriffen und sich in der Finsternis da draußen an den Schuft herangeschlichen. Ich bin weder so mutig, noch so verrückt. Ganz gleich, welche Tür ich wählte, mein Gegner würde mich herauskommen sehen, während ich ins Unbekannte vordringen müßte. Sollte ihn doch die Polizei schnappen, wenn er sich allzuviel herausnahm. Schließlich wird sie dafür bezahlt, daß sie auf uns aufpaßt. Außer dem Einbruch bei mir und zwei an Hühnerpest erkrankten Küken hatte Geoffrey seit dem Michaelstag ohnehin nichts erlebt.

Ich halte nicht viel von außersinnlicher Wahrnehmung, Psychokinese, Löffelverbiegen und Gedankenübertragung. Doch während ich mein Essen hinunterwürgte und gierig meinen Tee trank, fühlte ich, wie eine fremde Energie mein Unbehagen steigerte. Es war beinahe, als spielte das Cottage die Rolle eines unwillkommenen Zuschauers bei einem Verbrechen, das demnächst verübt werden sollte. Die Energie ging von meinem Beschatter aus, daran zweifelte ich kaum mehr. Entweder fungierte ich als eine Art Empfänger von Haßimpulsen, oder ich bildete mir das Ganze nur ein, und er saß zu Hause und lachte sich schief bei dem Gedanken, daß ich zwangsläufig hysterisch werden würde. Mein Plan, ihn durch die Annonce und meine Nachforschungen aus seinem Schlupfloch zu treiben, hatte sich als Bumerang erwiesen.

Vor mich – nur eine Oktave schriller als sonst – hin summend, wusch ich nach beendeter Mahlzeit ab. Es war wichtig, von meiner Routine nicht abzuweichen. Also richtete ich mein Bett im Nebenzimmer und ließ eine halbe Stunde lang die Nachttischlampe brennen, als hätte ich, wie üblich, noch eine Weile gelesen. Dann schaltete ich sie zusammen mit dem Radio aus, und nun war das ganze Haus dunkel.

Da ich so weit außerhalb des Dorfes wohnte, hatte ich für Notfälle immer Kerzen, eine Taschenlampe und ein paar Petroleumlampen bereit. Die Taschenlampe konnte ich nur benutzen, wenn ich sie mit einem Tuch abschirmte und den Lichtstrahl nach unten gerichtet hielt. Im Haus brauchte ich sie nicht, weil ich jeden Winkel kannte, doch vielleicht bot sich eine Gelegenheit, meinen Feind mit ihrer Hilfe zu entlarven. Ich würde ihn mir gut anschauen und dann gleich die Polizei benachrichtigen. Die Furcht hatte meine wütende Entschlossenheit unterminiert; jetzt wünschte ich mir eine Armee Polizisten herbei.

Meine Vorhänge waren blaß cremefarben, ein schwerer Fehler. Alles Helle wird durch Mondlicht noch hervorgehoben; selbst ein Stein, der heller ist als die umliegenden, ist aus beträchtlicher Entfernung zu sehen. Wenn ich den Küchenvorhang aufzog, würde das auch dem trägsten Beobachter nicht entgehen. Dennoch mußte ich es riskieren.

Ich nahm die Taschenlampe und schlich zum Fenster. In die Ecke konnte ich mich nicht wagen, weil dort allerlei Gerümpel stand, so daß ich womöglich einen Höllenlärm veranstalten würde. Also griff ich über das Spülbecken hinweg und bog behutsam die seitliche Kante der einen Gardine etwas um. Das Wäldchen ragte pechschwarz über dem milchig schimmernden Gras auf und schien bestürzend nahe. Nichts bewegte sich. Aber ich wußte, daß er dort war. Konnte er den Vorhang sehen? Ich hatte vermieden, seine geräuschvollen Rollen in Bewegung zu setzen, doch es bestand die Gefahr, daß das Mondlicht den dunklen Spalt sichtbar machte. Ganz langsam ließ ich die Vorhangkante los und atmete leise aus.

Zu meiner Überraschung war ich schweißnaß. Vielleicht wäre es am besten, die Polizei zu benachrichtigen. Doch wie, wenn eine Polizeitruppe von Scotland Yard ankäme und feststellte, daß in dem Gehölz gar kein Mörder lauerte? Sie würden wütend sein, wenn sie herausfänden, daß sie von einem hysterischen Idioten, der erst vor kurzem einen Nervenzusammenbruch gehabt hatte, herbeizitiert worden waren. Ich mußte warten, bis ich die Anwesenheit meines Verfolgers beweisen konnte.

Ein Blick aus den anderen Fenstern zeigte das gleiche stille Bild. Kein Lufthauch bewegte die Bäume, die Schatten regten sich nicht. Ich fühlte mich etwas besser, selbstsicherer. Es war nur ein Gegner. Wenn er ein Schießeisen bei sich hatte, nun, ich besaß ebenfalls Waffen. Und wenn er hoffte, daß ich noch einen Fehler machen würde, daß ich etwa eine nächtliche Autofahrt unternahm, ohne die Alarmanlage einzuschalten, so würde er eine herbe Enttäuschung erleben.

Ich ließ noch einmal dreißig Minuten verstreichen. Er sollte glauben, ich läge in tiefem Schlaf. Wieder brach mir der Schweiß aus. Worauf zum Teufel wartete er? Was für einen Sinn hatte es, ein stilles Haus zu beobachten, wenn er annehmen konnte, daß ich bereits schlief? Vor Tagesanbruch konnte eigentlich nichts passieren – oder doch? Meine Nervosität wurde langsam bedenklich. Ich schirmte die Taschenlampe ab und schaute auf die Wanduhr. Zehn Minuten vor zwölf. Mir kam eine Idee. Ich würde in der Morgendämmerung, wenn er vermutlich eingenickt war, blitzschnell auf die

Straße laufen, zur Einfahrt meines Nachbarn hinüberspringen und mich dort in der Lorbeerhecke verstecken. Natürlich würde ich eine Waffe mitnehmen, vielleicht mein Durs-Luftgewehr, und mit diesem relativ leisen Gewehr konnte ich ihn daran hindern, das Gehölz zu verlassen. Sein Moped würde ihm nichts nützen.

Der schlaue Plan war zweifellos riskant, hatte aber auch zwei Vorteile. Erstens schob er – typisch Lovejoy – jedwede Aktion hinaus, ich mußte also einstweilen nichts Gefährliches unternehmen, und bis zum Morgen war mein Feind vielleicht fort. Zweitens würde ich den Polizeialarm auslösen, wenn ich aus dem Haus rannte, so daß er in der Falle saß. Allerdings bestand leider auch die Möglichkeit, daß er auf einen solchen morgendlichen Ausfallversuch vorbereitet war und sich näher an meinen Pfad heranschlich. Es war keine angenehme Vorstellung …

Plötzlich schrillte die Türklingel.

Vor Schreck ließ ich die Taschenlampe fallen und löste damit ein seltsames Echo aus. Erst nach langem Herumtasten fand ich sie wieder, und ich zitterte, ja, ich zitterte am ganzen Leibe, als ich aus dem dunklen Wohnzimmer einen Blick auf die Eingangstür warf. Der Mond hüllte die Vorderseite des Hauses in Schatten. Mein Herz klopfte dröhnend. Warum bricht einem eigentlich der Schweiß aus, wenn man eiskaltes Entsetzen verspürt?

Wenn es nun Margaret war? Vielleicht hatte sie meine Angst bemerkt und wollte sich vergewissern, daß bei mir alles in Ordnung war. Aber sie würde bestimmt den vernünftigeren Weg wählen und anrufen. Und wenn sie sich nun doch selbst überzeugen wollte? Ich ging bereits auf die Tür zu, als mir der offenkundige Fehler in meiner Rechnung klar wurde: Das Cottage hatte totenstill dagelegen. Seit fast einer Stunde hatte ich ununterbrochen gelauscht und nichts gehört. Und der Pfad draußen war mit Kieselsteinen bestreut. Man konnte sogar ein Kaninchen darüberlaufen hören. Nur einen raffinierten Mörder nicht. Und ein normaler Besucher schleicht sich nicht zu einer Tür, um dann auf die Klingel zu drükken.

Schweiß rann aus meinen Achselhöhlen, tropfte mir von der Stirn. Sollte ich rufen und fragen, wer da war? Nicht, wenn er die Judas-Pistolen bei sich hatte, mit denen er mich niederschießen konnte, sobald er mich geortet hatte.

Da es durchaus möglich war, daß er durch die Tür schoß, wagte ich nicht, mich näher heranzutasten. Und wenn ich versuchte, die Polizei anzurufen, würde er mich wählen hören. Von Panik ergriffen, schlich ich zurück und zog den Teppich von der Falltür. Ich brauchte kein Licht, um den eingelassenen Ring zu finden. Ich kletterte hinunter, suchte die Mortimer-Kassette und nahm die Pistolen heraus.

Als die Platte wieder an ihrem Platz war, deckte ich den Teppich darüber. Wo war er jetzt? Noch immer vor der Haustür, oder war das lediglich ein Bluff, um mich abzulenken, während er zur Seitentür schlich? Unentschlossen stand ich im Wohnzimmer und merkte, wie ein fast greifbarer Haß durch die Wände zu mir drang. Das Unvorbereitete meiner Situation mußte ihm genauso klar sein wie mir.

Irgend etwas zog mich zum Küchenfenster. Hatte er es aufgegeben, vor dem Cottage herumzuschleichen, und war an seinen Platz im Gehölz zurückgekehrt? Es schien der Mühe wert, einen Blick nach draußen zu werfen. Schwierig war nur, gleichzeitig eine Taschenlampe und zwei Pistolen festzuhalten. Ich klemmte mir schließlich eine der beiden Waffen unter dem Arm, nahm die Taschenlampe in die linke Hand und zog ganz langsam den Vorhang beiseite.

Es kam alles so plötzlich, daß ich einen Moment wie betäubt dastand. Vor meinen Augen barst die Fensterscheibe. Glassplitter flogen herum. Wie von einer gigantischen Kraft weggeschlagen, schnellte die Gardine zur Seite und in die Höhe. Drei oder vier Sekunden lang rührte ich mich in fassungslosem Entsetzen über dieses ungeheuerliche Schauspiel nicht vom Fleck, dann riß mich meine militärische Erfahrung zu Boden. Von meinem Gesicht tropfte Blut auf meine Hände, während ich auf allen vieren ins Wohnzimmer zurückkroch. Ich hatte eine der Pistolen verloren, hielt aber die Taschenlampe noch umklammert. Glassplitter zerschnitten meine Hände und Knie. Ich wälzte mich zum Sofa, um meine Verletzungen zu untersuchen. Meine linke Hand war am schlimmsten getroffen, und ich umwickelte sie mit meinem Taschentuch. Zu meinem Erstaunen wurde ich von Sekunde zu Sekunde ruhiger. Ich war nicht Herr der Lage, doch jetzt wußte ich wenigstens, womit ich zu rechnen hatte. Die Sache konnte gar nicht klarer sein. Er schoß von draußen auf mich und würde nicht mehr von mir ablassen.

Ich kroch zum Telefon. Als ich den Hörer mit meiner bandagierten Hand hochhob, wußte ich sofort, daß die Leitung tot sein würde. Der Dreckskerl hatte irgendwie den Draht durchschnitten. Na gut. Dann mußte ich eben warten, bis die Briefträgerin vorbeischaute. Sie kam jeden Tag, ob es stürmte oder schneite. Nur sonntags nicht, Lovejoy. Und morgen war Sonntag. Und meine Nachbarn verbrachten jedes Wochenende in Waltom-on-Sea.

Niedergeschlagen machte ich mich daran, die Flugbahn seines Projektils zu rekonstruieren. Ich nahm den Baumstumpf, dessen Standort ich einigermaßen kannte, als Ausgangspunkt an, und nach einigem Suchen ertastete ich einen Gegenstand, der halb in der Wand stak. Es war ein Bolzen von einer Armbrust, – auf kurze Entfernungen eine Waffe von unheimlicher Durchschlagskraft. Ihr einziger Nachteil ist, daß es vergleichsweise lange dauert, bis sie wieder schußbereit ist. Inzwischen mußte er sie aber wieder geladen haben.

Er war ein schlauer Bursche. Kein Lärm, kein lauter Knall. Selbst wenn unmittelbar neben mir jemand gewohnt hätte, die Leute hätten nichts gehört. Und ich wußte immer noch nicht genau, wo er war. Nun, zumindest ich lebte, war bewaffnet und besaß genügend Lebensmittel, um das Wochenende und notfalls auch noch ein paar Tage mehr zu überdauern. Allerdings würde ich wach bleiben müssen, während er vor sich hin dösen konnte. Ich hatte gute Lust, ihm zuzubrüllen, daß er den verdammten Schraubenzieher haben könne.

In diesem Augenblick wußte ich, daß ich besiegt war. Ich saß in der Falle. Er konnte theoretisch sogar nach Hause gehen und ein Bad nehmen, weil er darauf bauen durfte, daß ich mich nie hinauswagen würde, aus Angst, er wäre noch auf seinem Posten. Wie zum Teufel war ich nur in diese Klemme geraten, fragte ich mich erbittert.

Noch ungefähr fünf Stunden bis Tagesanbruch. Und was dann?

Ich setzte mich auf das Wohnzimmersofa. Das Seitenfenster war etwas heller als die anderen; vermutlich schien der Mond von dieser Seite … Wenn er einzubrechen versucht, dachte ich, werde ich ihm sofort eine Kugel verpassen. Ich begann mich gerade etwas besser zu fühlen, als ich ein schwaches Geräusch hörte. Es war ein anhaltendes Knistern und Rascheln, als ob Wind durch die Bäume striche. Das Geräusch schwoll an, und in meiner Beunruhigung ließ ich alle Vorsicht außer acht und schlich zu jedem Fenster, um zu lauschen. Das merkwürdige Rauschen war überall gleich laut. Ich riskierte es sogar, an den beiden Haustüren zu horchen, aber ich konnte nichts weiter feststellen, als daß das Geräusch mit jedem Moment ein wenig stärker wurde. Ein paar Minuten vergingen, bevor mir an dem Seitenfenster etwas auffiel. Es warf seltsam flakkernde Schatten.

Dann roch ich Rauch.

Das Rauschen war ein tausendfältiges Prasseln. Mein Strohdach war angezündet worden, vermutlich mit einem brennenden Pfeil. Hundert Möglichkeiten, wie dies alles zu verhindern gewesen wäre, schossen mir durch den Kopf, doch jetzt nützte mir keine davon etwas. Ich war in dem brennenden Cottage gefangen. Strohdach und Fachwerk.

Für einen Moment drehte ich durch. Ich lief brüllend herum und stürzte zum Küchenfenster. Achtlos riß ich die Gardine auf und feuerte durch die zerbrochene Scheibe in die Finsternis hinaus. Ich schrie unflätige Beschimpfungen. Das Wäldchen, schwach erleuchtet durch einen sonderbar irrlichthaften rosafarbenen Widerschein, blieb stumm. Völlig außer mir, versuchte ich einen mit Wasser gefüllten Topf nach oben zu werfen. Er hinterließ einen Fleck an der Decke. Hoffnungslos.

Ich überdachte meine Lage. Der Rauch begann in unheilverkündenden Säulen senkrecht nach unten zu treiben. Ich würde erstikken, bevor mich die Flammen erfaßten. Es gab keine andere Möglichkeit als die Tür. Doch er würde mich erwarten, denn meine ausweglose Situation war ihm ja klar. Er würde mich erwischen, sobald ich einen Schritt nach draußen tat. Und es mußte die Vordertür sein, denn wenn ich die seitliche Tür wählte, hatte ich noch weiter zu laufen, um aus dem Garten herauszukommen. Es sei denn, ich rannte in das Wäldchen, aber, selbst wenn ich es erreichte, was dann? Er kannte sich dort aus. Und im übrigen würde meine Silhouette mit dem Feuer im Hintergrund die beste Zielscheibe abgeben, die er sich wünschen konnte.

Der Rauch wurde dichter. Ich begann zu husten. Die Wände fingen an zu knarren, als spürten sie, daß sie bald von den Flammen verzehrt werden würden. Über mir krachte ein Balken, und ein paar Aschenflocken rieselten herunter. Der Steinboden unter meinen Füßen zitterte. Bei einem Brand erstickt man, und der verkohlte Körper entarrt in der »BoxerPose«. Ich hatte genug grausige Kriegsfotos gesehen, um Bescheid zu wissen. Der Qualm trieb mir Tränen in die Augen. »Schweinehund«, brüllte ich. »Mörder!«

Wenn ich versuchen wollte, wild um mich schießend ins Freie zu gelangen, brauchte ich zusätzliche Waffen. Ich zerrte den Teppich beiseite und hob die Platte von meinem Kellerversteck ab. Und plötzlich kam mir ein Einfall.

Es stand fest, daß ich so gut wie tot war. Ganz gleich was ich tat, um mich in Sicherheit zu bringen, er würde mich töten. Es gab kein Entkommen. Wie, wenn ich mich nun da unten versteckte? Ich holte die Taschenlampe und leuchtete nach unten. Konnte Feuer Steinboden durchdringen? Vielleicht würde mir eher die Hitze gefährlich werden. Wie lange brannte so ein Cottage? Wie lange würde die Hitze brauchen, um mich da drinnen bei lebendigem Leib zu braten?

Der Ausguß. Ich rannte hin, füllte zwei Töpfe mit Wasser und hastete zurück. Der Qualm machte es fast unmöglich, etwas zu sehen. Ich hustete unaufhörlich. Der Teppich mußte durchnäßt werden, damit die Fliesen eine Weile als Hitzeschranke dienten. Ich schüttete das Wasser darüber und rannte wieder in die Küche. Wenn ich den Stöpsel in das Becken steckte und beide Hähne voll aufdrehte, würde es mir vielleicht gelingen, den Boden zu überschwemmen …

Es brach mir fast das Herz, die Mortimer-Pistolen zurückzulassen, doch da er wußte, daß ich auf ihn geschossen hatte, mußten sie meinen Untergang bezeugen. Ich füllte rasch zwei Milchflaschen mit Wasser und ergriff ein Brot und ein großes Stück Käse. An die Taschenlampe dachte ich in letzter Minute. Ich mußte auf irgendeine Weise dafür sorgen, daß die Luke verschlossen war und der feuchte Teppich sie bedeckte. Den Boden unter einem Haufen Asche und Schutt abzusuchen, war sinnlos, wenn man nichts von dem Kellerversteck wußte. Und außer mir war seine Existenz niemandem bekannt. Auf der Treppe stehend stützte ich die Platte mit dem Schultern und zog den Teppich nach vorn, bis er den Boden berührte. Dann senkte ich den Stein, indem ich langsam die Stufen hinunterstieg. Über mir prasselte es wie in einem Ofen. Ich war lebendig begraben.

Orangeroter Lichtschein markierte die Öffnungen der Luftschächte. Leider begann auch Rauch vom Garten hereinzuziehen. Ich verstaute meine Vorräte auf dem untersten Bord, wo ich sie unmöglich umstoßen konnte, verstopfte den einen Luftschacht mit meinem Hemd und schirmte den anderen mit meinem Körper ab. Dann knipste ich die Taschenlampe an. Der Anblick meiner blutbefleckten Hände erschreckte mich fast zu Tode. Ich war froh, daß ich mein Gesicht nicht sehen konnte. Die Hitze nahm ständig zu. Ich mußte eine Methode finden, um den Durchzug zwischen den beiden Luftschächten zu verstärken, um meinem Unterschlupf kühlere Frischluft zuzuführen.

Gewehrläufe. Gewehrläufe sind Rohre. Die Brown Bess und die afghanischen Gewehre waren am längsten. Wenn ich vor dem einen

Luftschacht tief einatmete und dann in einen Gewehrlauf blies, der in dem zweiten Luftschacht lag, würde ich es in dem so entstehenden schwachen Durchzug möglicherweise aushalten. Das System erforderte zwar einige Vorarbeit, aber ich hatte gottlob Werkzeuge zur Hand.

Die Hitze war inzwischen fast unerträglich. Ich zog mich aus und verbrauchte den Inhalt einer ganzen Wasserflasche, um mein Hemd zu befeuchten, um damit meinen Kopf zu schützen. Die beiden Läufe würden zusammen bis in halbe Höhe des Luftschachtes hinaufragen. Um das Rohr so luftdicht wie möglich zu machen, umwickelte ich die Verbindungsstelle fest mit einem nassen Staubtuch. Als ich fertig war, zitterte ich vor Erschöpfung.

Ein paarmal versuchte ich es mit dem Blasen, doch ich merkte, daß ich es nicht schaffen würde. Die Luft, die ich einatmete, war sengend heiß. Über mir rauschte und prasselte es, und ab und zu erschreckte mich ein donnerndes Krachen. Das waren vermutlich Balken, die durch die Wohnzimmerdecke brachen.

Zweimal hörte ich Glasscheiben bersten. Es mußte ein Inferno sein. Oberschlau, wie ich war, hatte ich mich in eine Lage gebracht, in der alles umgekehrt ablief wie normalerweise. Ich war vor Rauch geschützt und wurde dafür in einem Backofen gebraten. Ich zerbrach mir den Kopf, was ich tun könnte, damit Luft hereinkäme.

Schließlich fiel mir das Luftgewehr ein, das auf dem untersten Bord neben meiner kostbaren Wasserflasche lag. Ich besaß dafür eine Luftpumpe, aber ob sie ausreichen würde? Es war ein ziemlich mühsames Unterfangen, Luft in die Gewehrläufe zu pumpen. Schon nach den ersten Versuchen spürte ich, wie aus dem zweiten Luftschacht ein leichter Hauch über meinen Rücken strich, aber es drang auch Rauch mit herein. Ich legte das provisorische Rohr in den anderen Schacht, weil immerhin eine Möglichkeit bestand, daß es auf der Seite weniger Rauch gab, und tatsächlich: Meine Hoffnungen wurden nicht enttäuscht. Vermutlich war etwas Wind aufgekommen, der den Rauch in eine andere Richtung blies.

Da nun feststand, daß das System funktionierte, mäßigte ich das Pumptempo ein wenig. Vielleicht würde ich sehr lange durchhalten müssen. Indem ich den Schacht um das Rohr herum mit meinem Hemd abdichtete, erreichte ich eine verstärkte Wirkung meiner Bemühungen. Alles, was an Luft einströmte, kam jetzt durch den anderen Schacht herein.

Nach einer Weile hielt ich für ein paar Sekunden inne und horchte. Waren die Rufe über mir? Wie im Traum hörte ich ein großes Fahrzeug und Spritzgeräusche. Oder spielte mir meine Phantasie einen Streich? Vielleicht wollte der Dreckskerl auch nur den Eindruck erwecken, daß die Feuerwehr da sei. Zweimal war ich nahe daran, um Hilfe zu rufen. Schweißüberströmt und halb von Sinnen widerstand ich dem Impuls und pumpte weiter. Das schlimmste war, daß es keinen Weg hinaus gab, ganz gleich, ob mich Freund oder Feind erwartete, – es sei denn, ich liefe durch die Flammen. Aus irgendeinem verrückten Grund erschien es mir wichtig, keine Hoffnungen auf Leute wie Margaret und Tinker Dill zu setzen, diese selbstzufriedenen Kreaturen, die irgendwo in aller Gemütlichkeit ihre dumme Überzeugung hegten, ich sei in keiner Weise vom Tode bedroht. Miese Schweine, die ganze Gesellschaft. Haltlos schluchzend pumpte ich inmitten des irren Tumults wie besessen weiter.

Ein wahrhaft schmetternder Schlag eine oder zwei Stunden nach Beginn meiner lebenserhaltenden Aktivitäten ließ vermuten, daß der Firstbalken heruntergekommen war. Das bedeutete, daß das ganze Cottage eingestürzt war und allenfalls hier und da noch ein Rest Mauer stand. Danach dachte ich nichts mehr. Die Frage des Überlebens rückte in den Hintergrund, ich wurde zur Maschine. In meinem Kopf war eine absolute Leere. Ich war nur noch von dem mechanischen Drang erfüllt, die Pumpe zu betätigen.

16

Nach meiner Schätzung war es ungefähr zehn Uhr, als es am Sonntag morgen regnete. Der einzige Nutzen, den ich davon hatte, war, daß die Asche schneller abkühlte.

Die Geräusche über mir wurden allmählich etwas schwächer, obwohl die Hitze erst Stunden später ihren Höhepunkt erreichte. Mein Atem ging schwer, und einmal schrie ich vor Schmerz auf, als ich, auf den Treppenstufen stehend, versehentlich die Steinplatte berührte. Brandblasen überzogen meinen Arm und platzten, als ich weiterpumpte. Ich hatte etwa acht Stunden lang ununterbrochen die Pumpe betätigt, bevor ich es endlich wagte, eine kurze Ruhepause einzulegen. Durch den Luftschacht drang eine Spur Tageslicht herein, und ich hörte leises Vogelgezwitscher. Kein anderer Laut kam von draußen, weder Fahrzeuglärm noch wirkliche oder eingebildete Rufe. Falls die Feuerwehrleute überhaupt erschienen waren, hatten sie den Schauplatz längst verlassen. Und ein kluger Mörder kehrt noch einmal zurück, um sich davon zu überzeugen, daß er auch ganze Arbeit geleistet hat. Vielleicht war er bereits dabei, in der glühenden Asche nach dem Schraubenzieher zu suchen. Ich wußte, daß ich an seiner Stelle genau das getan hätte. Was wohl das Rotkehlchen von alledem hält? dachte ich müde. Ich trank von meinem Wasser und setzte mich, um trockenes Brot und Käse zu essen, ein wahres Labsal nach der furchtbaren Anstrengung. Schon wenige Minuten später wurde die Hitze wieder so unerträglich, daß ich weiterarbeiten mußte, um richtig atmen zu können.

Den ganzen Morgen hindurch pumpte ich jeweils etwa eine halbe Stunde und ruhte mich dann fünf Minuten aus. Ich blieb allerdings jetzt während der Pausen stehen, weil ich fürchtete, ich könnte im Sitzen einschlafen. Mit der Zeit kamen mir bittere Gedanken. Wo zum Teufel war die Feuerwehr? Und die Polizei? Und wo waren meine trägen, selbstzufriedenen Freunde? Warum war niemand da, der mit bloßen Händen die Asche durchwühlte und verzweifelt meinen Namen rief? Ich hätte es für sie getan. Konnte das Leben so abscheulich sein, daß ich von einem bewaffneten Wahnsinnigen in meinem eigenen Haus lebendig geröstet wurde und sich weit und breit niemand darum kümmerte? Ich weinte vor Zorn und Erschöpfung.

Während die Stunden langsam verstrichen, merkte ich, daß die Temperatur allmählich sank. Ich konnte mir nun öfter Ruhepausen gönnen, und bald hatte ich auch das Gefühl, daß es nicht mehr mein totaler Untergang sein würde, wenn ich einschlief. Ich machte es mir auf der Treppe so bequem wie möglich und war im Nu in tiefen Schlaf gesunken.

Es war ein schauerlicher Anblick. Von meinem Cottage war nur noch ein rauchender Trümmerhaufen übrig. In der Abenddämmerung wirkte der Garten ohne das Haus klein. Die Szenerie hatte etwas Pathetisches. Es regnete nicht mehr. Eine volle Stunde hatte ich gebraucht, um mich aus dem Loch zu befreien. Das Gewicht des schwelenden Schutts lastete auf der Steinplatte, und es war schwer, sie anzuheben. Ich schätzte, daß es neun Uhr abends war. Vorsichtshalber verteilte ich mit dem Fuß etwas Asche auf dem Stein, damit nichts auf mein Entkommen hindeutete, und lief schnell auf das regenfeuchte Gras hinaus, weil meine Hose zu rauchen anfing. Ich wußte instinktiv, daß er fort war, und sicherte die Pistole, die ich bei mir trug.

Der Motor meines Wagens war ein Wrack, die Reifen bestanden nur noch aus verkohlten Gummifetzen, das Metall war verbogen, der Rest verbrannt. Ich besaß keinen Penny mehr.

Mit Ausnahme der wenigen Stücke in meinem Kellerversteck war ich pleite. Ein Schwindelanfall zwang mich, ein paar Minuten auszuruhen. Ich setzte mich im dunklen Garten vor die Hecke und erfrischte mein Gesicht mit nassem Gras. Ich mußte Hilfe herbeiholen, aber wen?

Meine Nachbarn kehrten gewöhnlich erst Montag zurück, würden also noch nicht zu Hause sein, vorausgesetzt, ich täuschte mich nicht in der Annahme, daß Sonntag war. An andere, weiter entfernt wohnende Leute konnte ich mich nicht wenden. Ich kannte kaum jemanden, und außerdem würde ich sie zu Tode erschrecken, wenn ich wie eine versengte Vogelscheuche aus der Nacht auftauchte. Ich mußte jemanden anrufen: Muriel? Jane? Tinker, Dick oder Brad? Wem konnte ich vertrauen?

Es sah tatsächlich so aus, als sei die Feuerwehr dagewesen. Tiefe Reifenabdrücke zogen sich über den Kiesweg. Einige Büsche waren umgewalzt. Fußspuren im Gras hatten sich mit Regenwasser gefüllt. Stammten sie von einer kleinen Schar wohlwollender Freunde, die entweder enttäuscht waren, weil sie die verkohlten Reste Lovejoys nicht zu sehen bekamen, oder Vermutungen darüber anstellten, welchem weiblichen Wesen ich es wohl zu verdanken hatte, daß ich der Gefahr entronnen war? Freundschaft wirkt ungeheuer aufbauend und ermutigend.

Der Gedanke an ein Telefon erschien bizarr. Man nimmt einfach den Hörer ab, wählt und beginnt ein absolut normales Gespräch mit dem Partner am anderen Ende. Nach so einer Nacht, wie ich sie hinter mir hatte? Vielleicht ist das menschliche Gehirn nicht imstande, zuviel Erleichterung auf einmal aufzunehmen.

Das Vernünftigste würde sein, wenn ich zu unserem Polizisten ginge, nur knapp ein Kilometer entfernt. Niemand würde in der Dunkelheit sehen, in was für einem Zustand ich war. Vielleicht wäre er auch bereit, mir ein paar Kleidungsstücke zu leihen. Ich trug Sokken, Schuhe, Hose und Hemd, alles schmutzig und zerschlissen. Dazu war ich selbst von oben bis unten verdreckt und blutverkrustet, so daß ich insgesamt bestimmt keinen schönen Anblick bot. Und die Telefonzelle? Wir hatten nur eine einzige, und sie stand neben dem Dorfweiher, dem *White Hart* genau gegenüber. Wir haben zwar keine Straßenbeleuchtung, aber die Gegend war viel zu belebt.

Nachdem ich etwa zwei Stunden die frische, feuchte Luft genossen hatte, erhob ich mich mühsam und klammerte mich an der Hecke fest, um mich auf den Beinen zu halten. Ich war nicht darauf gefaßt gewesen, daß mir das Gehen so ungeheuer schwerfallen würde. Ich vermied den Kiesweg, weil ich kein Geräusch verursachen wollte, und bevor ich schnell über die Straße hinkte, schaute ich mich gründlich um. Die Pistole hielt ich entsichert in der Hand, für den Fall, daß mich mein Gefühl täuschte, und er doch noch da war.

Langsam schlich ich durch den Garten meines Nachbarn zur Rückseite seines Hauses. Er verwahrte für die Apfelernte zwei lange Leitern in einem offenen Schuppen. Eine davon schleppte ich zum Haus und kletterte zu einem Fenster im ersten Stock hinauf. Moderne Fenster zu öffnen, ist kinderleicht. Wenige Minuten später stolperte ich schon im Finstern die Treppe hinunter und zum Telefon.

Ich wählte Margarets Nummer. Glücklicherweise war sie zu Hause.

»Gott sei Dank!«

»Was hat er getan, um Dankbarkeit zu verdienen?« fauchte ich. »Hör zu. Hast du deinen Wagen?«

»Ja. Weißt du, daß ...« begann sie.

»Ich weiß. Ich bin noch dort.«

»Was?«

»Komm her und hol mich ab, bitte.« Ich hängte ein, beseitigte die Spuren meines Eindringens so gut ich konnte und hatte mich schon wieder hinter meine Hecke verkrochen, als ihr Morris auftauchte. Seltsam, wie hell mir das Scheinwerferlicht vorkam.

Schlitternd hielt der Wagen auf dem Kiesweg. »Lovejoy?« Es klang fast wie ein Schrei, was mich nicht wunderte bei der alptraumhaften Szenerie.

»Hier.« Ich trat aus dem Schutz der Hecke heraus, und jetzt schrie sie wirklich auf, bevor ich es verhindern konnte. »Margaret, ich bin's doch nur.«

»Mein Gott! Bist du ...«

»Entschuldige meinen Aufzug«, sagte ich matt. »Und beruhige dich.«

»Was ist dir passiert? Die Polizei rief mich an. Ich kam her. Wir haben überall nachgeschaut. Die Feuerwehr war da. Es war schrecklich. Irgend jemand meinte, du wärst unterwegs – mit ...«

»Mach die Scheinwerfer aus, sei so lieb.«

Mit ihrer Hilfe stieg ich ein und lehnte mich zurück. Sie schlüpfte hinter das Lenkrad. In dem schwachen Lichtschimmer des Armaturenbretts konnte ich sehen, daß ihr Gesicht kalkweiß war.

»Sollte ich nicht Geoffrey anrufen, oder ...«

»Wie? Um diese Zeit willst du ihn stören?«

Der bittere Ton entging ihr nicht. »Ich bringe dich zum Arzt ...«

»Nein«, fiel ich ihr ins Wort. »Bist du allein zu Haus?« Sie nickte. »Kann ich dann zu dir kommen und mich ein bißchen säubern?«

»Ja.« Sie startete und fuhr rückwärts auf die Straße hinaus. »Konntest du irgend etwas retten?«

»Ja«, sagte ich mit geschlossenen Augen. »Mich.«

Frisch gebadet und mit einigen Kleidungsstücken versehen, die Margaret zufällig im Haus hatte – vielleicht von dem nicht mehr vorhandenen Ehemann – musterte ich mich im Badezimmerspiegel. Ich hätte klüger daran getan, schmutzig zu bleiben. Mein Gesicht war überall zerschnitten, und an der Schläfe hatte ich eine riesige Beule. Mein linkes Auge war blauschwarz umrandet, und ich hatte einen Zahn eingebüßt. Meine Hände waren dick geschwollen und mit Brandblasen übersät.

Margaret gab mir einen Rasierapparat, obwohl ich eigentlich mehr Blut im Gesicht hatte als Barthaare.

»Gehört er deinem Mann?« fragte ich.

»Kümmere dich um deine eigenen Angelegenheiten«, sagte sie.

Sie bereitete eine leichte Mahlzeit für mich zu, und dann legte ich mich bei eingeschaltetem Fernseher auf ihre Couch und schloß die Augen. Ich konnte gar nicht genug bekommen von der Normalität. Sie machte es sich auf einem Sessel neben mir bequem und schaute sich das Stück an.

»Komm, ich nehm dir das Ding ab«, sagte sie.

Doch ich hielt die Pistole fest umklammert und weigerte mich, sie herzugeben. »Ich versuche das Gegenstück zu finden«, murmelte ich; ein klassischer Antiquitätenhändlerscherz.

Sie schien ihn nicht lustig zu finden.

17

Ein schöner, klarer Morgen weckte mich. Eine Stunde lang konnte ich fast kein Glied bewegen und tapste in Margarets Haus herum wie eine junge Katze. Ein Bad entspannte mich, und ich fühlte mich relativ frisch.

Gegen elf klingelte das Telefon. Es war Tinker Dill, der wissen wollte, ob ich schon aufgetaucht sei. Ich bat Margaret, ihm zu sagen, ich sei für ein paar Tage nach London gefahren. Die Sache gefiel ihr nicht, aber sie erfüllte meinen Wunsch. Ich erfuhr jetzt, daß die Briefträgerin als erste das brennende Cottage gesehen hatte. Sie benachrichtigte die Polizei und die Feuerwehr und bestellte einen Krankenwagen. Ein umsichtiges Mädchen. Auf mein Drängen hin rief Margaret Dandy Jack an und erklärte, daß ihr Laden in der Arkade einige Tage geschlossen bleiben würde. Dann überredete ich sie noch, mit Muriel zu telefonieren und ihr das grauenhafte Unglück zu schildern. Sie wirkte sehr erschrocken, wie mir Margaret erzählte. Echte Tränen, soweit man es beurteilen konnte.

»Tja, manche Leute lieben mich eben«, witzelte ich.

»Weiß der Himmel warum«, bemerkte sie.

Am Dienstag widmete man mir im Lokalblatt eine Spalte und ein Foto, – von dem ausgebrannten Haus, nicht von mir. Die Polizei, so hieß es, stelle noch Ermittlungen an. Brandstiftung sei nicht auszuschließen. Über meinen Verbleib sei nichts bekannt, doch man vermute, daß ich entweder in einem depressiven Moment den Brand selbst ausgelöst hätte und dabei umgekommen sei oder daß ich mich bei Freunden aufhielt. Man erhoffte sich von der Durchsuchung der Trümmer neue Anhaltspunkte. Es sei allgemein bekannt, daß der tragische Unfalltod einer eng mit mir befreundeten Person bei mir psychische Störungen ausgelöst habe. Am Donnerstag war mein Fall bereits nicht mehr von Interesse, was ich sehr begrüßte. Das Lokalblatt beschäftigte sich wieder mit der weitaus wichtigeren Maul- und Klauenseuche.

Am Freitag bat ich Margaret um eine abendliche Autofahrt.

Ich war völlig gelassen. Die Nock-Pistole, zur Vermeidung von Kratzern in ein Staubtuch gewickelt, paßte gerade in das Handschuhfach. Alle meine Ängste und Befürchtungen hatten einer Ruhe Platz gemacht, die nur aus der Gewißheit kommt. Margaret hatte sich während der Woche großartig verhalten. Wir hatten über Antiquitäten geplaudert, und ich war angenehm überrascht darüber gewesen, wie sehr ich ihre Gesellschaft genoß. Sie kannte inzwischen auch alle Einzelheiten meiner Erlebnisse in dem Cottage. Der einzige Punkt, wo ich von der Wahrheit abwich, war die Erfindung eines unterirdischen Gangs, der angeblich von der Küche zur Rückseite des Wäldchens führte. Schließlich ist der Ehrbegriff unter Händlern eine ziemlich flexible Sache, und meine verbliebenen Besitztümer lagen noch immer dort unten.

»Du hast doch keine Dummheit im Sinn, Lovejoy?« fragte sie, während sie den Wagen steuerte.

»Diese Frage stellen mir neuerdings alle Leute.«

»Und was antwortest du?«

»Daß ich selbstverständlich keine Dummheit im Sinn habe.«

»Warum dann die Pistole?«

»Weil er zwei haben wird, und eine Armbrust.«

Sie bremste abrupt und hielt fuchsteufelswild an. »Wer?«

»Der Mörder.«

»Sind wir denn zu ihm unterwegs?«

»Ja.«

Sie schwieg eine ganze Weile, und ich dachte schon, sie würde mich auffordern, sogleich auszusteigen und zu Fuß zu gehen. Dann meinte sie: »Weiß er Bescheid?«

»Nein.«

»Bestimmt nicht?«

»Nein.« Ich zögerte. »Aber er vermutet es vielleicht.«

Wir setzten unsere Fahrt fort. »Willst du mir nicht sagen, wer es ist?« fragte sie.

»Lagrange, der Geistliche, der in der Nähe des falschen Vogelschutzgebietes zu Hause ist.«

»Also deshalb diese Lügen über ausgestopfte Vögel?«

»Na ja, sonst tue ich so was nicht, aber da konnte ich eben nicht anders«, murmelte ich.

»Du meinst also, er ist für ... Sheilas Unfall verantwortlich?«

»Und für den Tod des armen Eric Field.«

»Und er wollte auch dich umbringen? Aber er ist doch ... Pfarrer.«

»Borgia war Papst.«

Ich erzählte ihr, wie mein Verdacht allmählich immer festere Umrisse angenommen hatte. Wer hatte am ehesten Gelegenheit, von Eric Fields Entdeckung zu hören? Wer konnte sich keinen Wagen leisten, würde aber für seine häufigen Besuche in einer ländlichen Gemeinde ein kleines Moped gebrauchen? Als Sammlerfreund von Eric Field hatte er nach dessen Tod Kontakt mit Muriel angestrebt. Sammler brauchen Geld, wie alle Süchtigen. Er hatte neben Muriel in dem eleganten grauen Rover gesessen, als mir Sheila am Kriegerdenkmal den Schraubenzieher gab. Muriel war aufgeblüht, seit er bei ihr ein und aus ging, und er hatte dann ihr Haus als Basis benutzt, um mich zu beobachten. Kein großes

Problem bei der geringen Entfernung, wenn man ein Moped besaß.

Ich hatte meine Nase in seine Angelegenheiten gesteckt und die Folgen geerntet. Es paßte alles zusammen.

»Hast du … diese Muriel gern?« wollte Margaret wissen.

»Ja, ich glaube schon.«

»Ist mehr dahinter?«

»Bei mir ist immer mehr dahinter, wenn es um Frauen geht«, erklärte ich förmlich und fügte hinzu: »Sie ist ein Kind, ein ahnungsloses, heiteres Kind.«

»Armer Lovejoy«, lautete Margarets anzüglicher Kommentar hierzu. Dann fragte sie, ob Lagrange bei Muriel sein würde. Ich war natürlich nicht ganz sicher.

»Aber er ist ihr Freund«, sagte ich bitter. »Das ist mir inzwischen klargeworden. Ein unverfrorener Bursche, läßt sich seinen Tee in demselben Zimmer servieren, in dem er den armen Eric umgebracht hat. Total verrückt.«

»Könnten wir nicht die Polizei benachrichtigen …?«

»Später.«

Nun verabreichte sie mir eine Dosis von jenem hartnäckigen Schweigen, mit dem Frauen auf Dinge zu reagieren pflegen, die ihnen nicht an uns gefallen. Nur ein Wunder würde bewirken, daß sie mir noch einmal ein Lächeln schenkte.

In der Fieldschen Einfahrt stand ein blaues Moped. Keine Überraschung. Wir hielten an.

»Lovejoy?«

Ich war schon ein paar Schritte gegangen. »Ja?«

»Ist keine … Eifersucht mit im Spiel?«

»Eifersucht?«

»Bei dir. Auf ihn.«

»Nein.« Es klang ungeheuer überzeugend. Sie nahm es hin und begleitete mich zur Tür.

»Du lieber Gott!« Muriel hatte selbst geöffnet und stand mit offenem Mund vor uns. Ihre Reaktion war eine Enttäuschung für mich. Man rechnet an sich damit, daß Frauen in solchen Fällen ohnmächtig oder zumindest leichenblaß werden, doch so umwerfend hatte sie mich ja wohl nie gefunden, daß ich das hätte erwarten können.

»Erinnern Sie sich noch an mich, Muriel?« Ich hatte einen weitaus besseren Auftritt geplant, meinen Text jedoch dummerweise vergessen.

»Aber natürlich, Lovejoy!« Sie zog mich ins Haus. »Wir haben die schrecklichsten Sachen von Ihnen gehört. In den Zeitungen stand, Sie hätten einen furchtbaren Unfall gehabt. Kommen Sie doch herein.«

»Ich bin Margaret.«

»Muriel Field – oh, Sie haben angerufen. Ich erinnere mich. Bitte, kommen Sie herein.«

Der Schweinehund hockte bestimmt im Arbeitszimmer und schlürfte aus einer Spode-Tasse Tee. Wenn er meinen Namen hörte, würde er sich wahrscheinlich verschlucken.

»Was ist mit Ihrem Gesicht passiert?«

»Das war eine alte Armbrust«, antwortete ich leichthin. »Nichts Schlimmes.«

»Hören Sie, Mrs. Field«, begann Margaret, aber ich unterbrach sie rücksichtslos.

»Wo ist Lagrange?«

Muriel starrte mich verständnislos an. »Woher wissen Sie, daß er hier ist?«

»Ich habe es vermutet. Im übrigen steht sein Moped draußen.«

»Hallo, Lovejoy.«

Er stand in der Tür zum Arbeitszimmer, blaß, aber höflich wie immer. Aus irgendeinem Grund schien es ihn sogar zu freuen, mich zu sehen.

»Sie Dreckskerl«, sagte ich. »Sie haben Sheila ermordet.«

»Haben Sie die Polizei mitgebracht?«

»Nein. Die Polizei ist noch nicht an der Reihe.«

»Nur eine Zeugin.« Er nickte in Margarets Richtung.

»Das ist der Mann, Lovejoy«, sagte Margaret leise zu mir.

»Wie? Was für ein Mann?«

»Er kam vor einiger Zeit einmal in die Arkade und fragte nach dir. Ich wollte es dir sagen, sah dich dann aber tagelang nicht.«

»Liebster, was ist los?« Muriel war neben Lagrange getreten. Unwillig schüttelte er ihre Hand von seinem Arm.

»Nichts von Bedeutung, meine Liebe.« Er sprach schon wie ein Landjunker.

»Er hat Ihren Mann getötet, Muriel«, sagte ich. »Mit den Judas Pistolen, die Ihr Eric entdeckt hatte. Ein ›Unfall‹ sicherlich. Dann entwendete er sie, aber es fehlte ihm ein Zubehörteil, der Schraubenzieher. Ich fand ihn in dem Auktionshaus. Er sah mich und Sheila. Sie begegneten uns damals beim Kriegerdenkmal, erinnern Sie sich? Er brachte Sheila um und versuchte auch mich aus dem Weg zu räumen. Jetzt bekommen Sie ihn nie mehr, Lagrange.«

»Ach, wirklich?«

»Lovejoy, was soll das heißen?« Muriels Augen wanderten verstört zu Lagrange. »Was meint er?«

»Er tötete Eric«, erklärte ich. »Dann erfuhr er, daß Ihr Schwager mich beauftragt hatte, das Judas-Paar zu finden. Als er mit seinem Einbruch bei mir keinen Erfolg hatte, nahm er an, Sheila hätte den Schraubenzieher aus Sicherheitsgründen in ihrer Handtasche mitgenommen. Deshalb stieß er sie unter den Zug.«

»Nein!« Empört starrte mich Muriel an. Mit Sheila schien sie keinerlei Mitleid zu haben. »Doch«, sagte ich ruhig.

Der miese Typ lächelte. »Na gut, so war es«, gab er achselzukkend zu.

»Sie müssen die Wahrheit akzeptieren, meine Liebe«, sagte ich sanft zu Muriel. »Er ist wahnsinnig – ein Mörder. Er hat mich mit einer Armbrust zu töten versucht und mein Cottage niedergebrannt.«

»Ich wußte, daß Sie wiederauftauchen würden«, erklärte er bedauernd. »Es war keine Spur von Ihnen zu finden. Ich hatte das sonderbare Gefühl, Sie seien noch da. Verstehen Sie, was ich meine?«

»O ja«, erwiderte ich bitter. »Ich verstehe.«

»Lovejoy«, sagte Muriel.

»Was?«

»Er ist mein Mann.«

»Wie?«

»Wir haben vor drei Tagen geheiratet.«

Ich schluckte diese Information kommentarlos. Es war ohnehin zu spät, um noch etwas zu ändern.

»Werde bitte nicht langweilig, meine Liebe«, sagte Lagrange zu ihr. »Wir sollten besser ins Arbeitszimmer gehen. Es ist unsinnig, hier in der Diele herumzustehen.«

Ich wickelte die Nock-Pistole aus und entsicherte sie. »Bleiben Sie, wo Sie sind.«

Er bedachte mich mit einem amüsierten Blick. »Auch Sie sind auf dem besten Weg, langweilig zu werden«, bemerkte er und steuerte auf das Arbeitszimmer zu. Das ist so erschreckend an der Überredungskunst – sie kann dem Gehirn eines Wahnsinnigen entspringen, doch in ihrer höchsten Vollendung, das hat die Geschichte oft bewiesen, bringt sie selbst geistig gesunde Menschen dazu, sich zu unterwerfen. Wir folgten Lagrange fügsam. Mit einer Geste forderte er uns auf, Platz zu nehmen. Ich blieb stehen, was dieses Schwein sichtbar belustigte. »Also, Lovejoy«, meinte er dann im Konversationston, »was nun?«

»Polizei.«

»Seien Sie nicht albern.«

»Ich hole jetzt die Polizei, und Muriel möchte ich empfehlen, uns um ihrer eigenen Sicherheit willen zu begleiten.«

»Sie reden immer phantastischeres Zeug.« Er legte die Fingerspitzen aneinander, ein schmächtiger, von seinen Ideen besessener, fanatischer Bursche, der an seinem Sieg nicht zu zweifeln schien. Wie zum Teufel hatte er es nur geschafft, daß Muriel so völlig unter seinem Einfluß stand? »Ich werde einfach alles abstreiten. Und Sie, Lovejoy, sind nicht gerade der glaubwürdigste Zeuge, oder?«

»Sie kommen nicht ungeschoren davon.«

Er schnaubte angewidert. »Ist das alles, was Ihnen einfällt? Eine Zeile aus einem drittklassigen Stück?« Er grinste. »Ich bin bereits ungeschoren davongekommen, wie Sie sehen.«

»Ich … Ich verstehe gar nichts«, ließ sich nun wieder das Kind Muriel vernehmen.

»Ich erkläre es dir später«, versprach er gelassen.

»Auch Margaret kann bezeugen, daß Sie alles zugegeben haben«, sagte ich.

»Gewiß. Ein Mann erzwingt sich mit einer geladenen Pistole Zugang zu meinem Haus und bezichtigt mich mehrerer Morde,

Einbrüche und Brandstiftungen, von denen ich keine Ahnung habe. Würde nicht jeder versuchen, ihn durch Zugeständnisse dazu zu bringen, daß er sich vernünftig benimmt? Zumal er als ... geistig labil bekannt ist?«

»Lovejoy«, sagte Margaret sanft. »Komm mit nach Hause. Er hat recht.«

»Dann werde ich Sie jetzt töten«, sagte ich.

»Es gibt eine Alternative ...« Lagrange entnahm dem Schreibtisch eine Kassette und stellte sie liebevoll auf die lederne Schreibunterlage. »Sie haben noch eine andere Möglichkeit, Ihre Obsessionen ein für allemal loszuwerden.«

»Ist das ...« würgte ich hervor, während es in meiner Brust wie wild klingelte.

»Oh.« Er mimte Überraschung. »Möchten Sie sie anschauen?« Er drehte den Kasten um und öffnete langsam den Deckel.

Nie in meinem Leben hatte ich so etwas gesehen. Nie, nie. Flach und dunkel lagen sie da in roten Filz eingebettet. Mir wurde fast schwindlig bei ihrem Anblick. Soviel Klasse, soviel strenge, finstere Eleganz! Keinerlei schmückende Elemente verfälschten ihre Linie, nichts; nur der Name des großen Meisters war in die ziselierten Schlösser eingraviert. Die silbernen Schloßplatten zeigten kein Monogramm. Das einzige, was an der Kassette störte, war die Lücke für den Schraubenzieher. Mörder oder kein Mörder, das war mir in dieser Sekunde egal. Ehrerbietig zog ich das fehlende Stück aus der Tasche und reichte es ihm. Er war fassungslos.

»Vielen Dank, Lovejoy«, sagte er bewegt. »Danke. Ich werde Ihnen das nie vergessen.« Die Garnitur war komplett.

»Was wollt ihr tun?« Muriels Stimme entriß mich meinen Träumen, und ich hörte Lagrange sagen: »Tun, meine Liebe? Nun, wir werden den Wahnvorstellungen unseres armen Lovejoy für immer ein Ende bereiten.«

»Wie?« fragte ich, obwohl ich es bereits wußte.

»Durch ein Duell«, erwiderte er. »Wir haben die perfekten Waffen dafür. Und die Motivation.«

»Bitte nicht!« Muriels Angst um ihn war für mich ein wenig schmerzlich. »Du könntest getroffen ...«

»Ich nicht«, entgegnete er ruhig. »Unmöglich.«

»Ist es das?« erkundigte sich meine Stimme von weit her.

»O ja, damit müssen Sie sich leider abfinden.«

»Lovejoy, laß uns gehen!« Margaret zerrte an meinem Arm, aber ich konnte meine Augen nicht von dem Judas-Paar abwenden.

»Er kann nicht anders, meine Liebe«, sagte Lagrange. »Er muß es herausfinden. Nicht wahr, Lovejoy? Außerdem hat ein Duell den Vorteil, daß es alles bereinigt. Es verschafft entweder mir die beruhigende Gewißheit, daß Lovejoy nicht eines Tages durchdreht und mich mit dieser schönen Samuel-Nock-Pistole tötet; oder sollten die Dinge unerklärlicherweise doch anders ausgehen, ihm die Genugtuung, daß die Gerechtigkeit ihren Lauf genommen hat. Und niemandem kann etwas angelastet werden. Ich erkläre der Polizei, daß dieser Irre hier mich gezwungen hat, ein Duell auszutragen, und Lovejoy wiederum würde beweisen können, auf welche Art der arme Eric den Tod gefunden hat.«

»Bitte, Loveloy.«

»Nein, Margaret.« Ich war es, der das gesagt hatte. Es sah wirklich so aus, als wollte ich mich mit diesem Ungeheuer duellieren. Ich konnte mich vor Angst kaum mehr auf den Beinen halten.

»Aber ...« wollte nun Muriel beginnen.

»Keine Sorge, Muriel.« Er deutete auf einen Stuhl, und sie setzte sich. »Es besteht nicht die geringste Gefahr. Und jetzt ...« Er schloß die Kassette und hob sie behutsam vom Schreibtisch »... muß ich darum bitten, mich für einen Augenblick zu entschuldigen.«

»Wohin wollen Sie denn damit?« fragte ich barsch.

»Ich will Schwarzpulver holen, mein lieber Junge«, antwortete er mit gequälter Miene. »Sie werden doch nicht erwarten, daß ich diese Kostbarkeiten Ihrer Obhut anvertraue?«

»Wie, wenn Sie nun ...« Ich stockte, weil ich nicht wußte, was er im Schild führte.

Er lächelte. »Ich bringe das Schwarzpulver her, und Sie dürfen die beiden Pistolen dann selbst laden, das verspreche ich Ihnen.«

Seine verdammte Sicherheit trocknete mir Mund und Kehle aus. Ich merkte, wie mir der Schweiß auf die Stirn trat.

Die Tür schloß sich.

»Muriel, Sie müssen das unterbinden ...« Margaret packte sie bei den Schultern und rüttelte sie.

»Wird ihm wirklich nichts passieren?« war alles, was sie herausbrachte.

»Sie einfältige Person!« rief Margaret. »Ist es Ihnen denn gleichgültig, daß er Ihren Mann umgebracht hat? Und Sheila? Er wird auch ihn umbringen!«

Obwohl ich vor Furcht wie gelähmt war, empörte es mich ein bißchen, daß jeder von mir sprach, als ob ich ein überzähliger Stuhl wäre. Ein paar Minuten lang redete Margaret abwechselnd auf Muriel und auf mich ein. Ich versuchte währenddessen vernünftige Überlegungen anzustellen – vergebens –, und dann kam mir der schreckliche Gedanke, daß ich vielleicht – sicherlich – keine Möglichkeit mehr haben würde, das Rätsel zu lösen. Weil alles viel zu schnell gehen würde ...

»Na, schon ganz gespannt?« Lächelnd, als handle es sich um eine Teeparty, kam er herein. »Sie werden feststellen, daß alles in tadelloser Ordnung ist, Lovejoy. Oh, und ich fand, wir sollten diese schönen Stücke nicht mit allzu vielen Fingerabdrücken verunzieren. Hier sind weiße Handschuhe.«

»Ich rufe die Polizei an.« Margaret erhob sich, aber Lagrange vertrat ihr den Weg. »Nein, meine Liebe. Oder, Lovejoy?«

»Hm, nein«, krächzte ich und zog die Handschuhe an. Er reichte mir ein Stück grünen Samt als Unterlage für die Ladeprozedur.

Für eine Weile vergaß ich alles um mich herum. Die beiden Pistolen zogen mich in ihrer Einmaligkeit völlig in ihren Bann. Mit vor Erregung bebenden Fingern betätigte ich den Federhebel, der das Dosierrohr des Pulverhorns füllte, schüttete das Schwarzpulver in die zwei Läufe und stampfte das Pulver fest. Dann kamen Dämmpfropfen und Kugel. Ich überzeugte mich davon, daß die Feuersteine aus Suffolk fest zwischen den Hahnbacken staken. Als ich die Zündlöcher und den Feuerstahl musterte, fiel mir auf, daß eine der Pistolen goldene Ladestöcke hatte und die andere silberne. Ich hatte so etwas noch nie gesehen.

Lagrange hatte mich während des Ladeprozesses aufmerksam beobachtet. Ich war dumm gewesen, erst jetzt wurde mir klar, daß ich auf alle seine Tricks hereingefallen war. Da ich ihm so offenkundig mißtraute, als er das Pulver holte, hatte er mich mühelos dazu bringen können, das Laden zu übernehmen. Und jetzt durfte er sich nach den geltenden Regeln seine Waffe aussuchen. Kein Wunder, daß der Dreckskerl unaufhörlich lächelte.

»Fertig, Lovejoy?« Wenn es nur nicht so verdammt mitleidig geklungen hätte.

Ich nickte.

»Nein!«

»Verschwinde!« herrschte ich Margaret an und hielt Lagrange die beiden Pistolen hin, nachdem ich einen plumpen Versuch gemacht hatte, ihn zu verwirren, indem ich sie ein paarmal in meinen Händen vertauschte.

»Danke. Ich glaube, ich entscheide mich für diese da.« Er nahm eine und wog sie in der Hand. »Das Arbeitszimmer ist leider keine zwanzig Meter lang, Lovejoy.«

»Das macht nichts.«

»Wo wollen Sie stehen?« erkundigte er sich höflich.

»Ich möchte, daß wir beide am Schreibtisch sitzen.«

Seine Brauen hoben sich. »Ist das nicht etwas ungewöhnlich?«

»Es gibt Präzedenzfälle.«

»Na schön.« Er war nicht im mindesten beunruhigt.

Ich nahm mir einen Stuhl und setzte mich ihm gegenüber. »Kommen Sie bitte näher«, sagte ich.

»Wie Sie wollen.« Er rückte heran, bis sein Oberkörper das Rosenholz berührte. Wir stützten die Ellenbogen auf die Schreibtischplatte und warteten.

»Du mußt uns helfen, Muriel«, sagte er. »Stell dich bitte mit deinem Taschentuch hierher.« Sie gehorchte. »Halt es hoch«, fuhr er fort, während er mich scharf beobachtete. »Und wenn Lovejoy dir Bescheid gibt, dann laß es fallen.«

»Ja«, stammelte sie.

Jetzt würde es passieren. Ganz gleich, was ich tat, wie schnell ich war oder wie gut ich zielte, ich würde sterben, sobald ich abdrückte. Er brauchte gar nicht zu schießen. Doch ich hatte beide Pistolen sorgfältig geladen. Es konnte eigentlich keinen Kniff geben …

Ich richtete die Waffe auf ihn und er die seine auf mich. Er lächelte noch immer. Während ich vor Angst schwitzte, genoß er die letzten Momente meines Lebens. Es lag alles auf einer Linie: seine Augen, die schwarze Mündung seiner Pistole, mein eigener achteckiger Lauf und, unmittelbar vor mir und deshalb ziemlich verschwommen, die silberne Schloßplatte. Von seinem irren, haßerfüllten Gehirn bis zu meinem von Schrecken beherrschtem klaren Bewußtsein lag alles auf einer Linie. Mein Auge und sein Auge. Und – meinem Auge am nächsten – die silberne Schloßplatte. Auf einer Linie mit meinem Auge.

»Jetzt«, sagte ich.

Das Taschentuch flatterte nach unten. Im selben Moment drehte ich meine Pistole um, setzte die Mündung an meine Stirn und drückte ab.

Es gab keinen Knall, aber der Rückstoß schlug den Lauf vorwärts gegen meinen Kopf und betäubte mich fast. Wie in einem Traum sah ich Lagranges Auge rot und gallertartig über sein Gesicht rutschen. Sein Kopf fiel nach hinten. Er stieß einen schwachen, hüstelnden Laut aus, als er starb, und die Pistole in seiner Hand krachte dumpf auf die Schreibtischplatte und ging los, als seine zuckenden Finger den Abzug betätigten. Die Kugel durchschlug das Fenster, und Glassplitter spritzten durch die Gegend. Er verfehlte mich um etwa dreißig Zentimeter.

Es schien eine Stunde zu dauern, bis der Widerhall verebbte und das Geschrei anfing. Langsam kehrte mein Denkvermögen zurück.

Es war logisch. Das Auge in einer Linie mit dem Lauf. Man schießt sich also mit der eigenen Waffe ins rechte Auge, wenn man sie auf den Gegner richtet, und wenn man auf das eigene rechte Auge zielt, trifft man den Gegner. Aber wie war das möglich?

Inmitten des Stöhnens und der Tränen, während die arme Muriel weinte und jammerte und Margaret hoffnungslose Erste-Hilfe-Versuche machte, betrachtete ich die Pistole in meiner Hand. Es war die mit den silbernen Ladestöcken, vermutlich war das das Unterscheidungsmerkmal. Lagrange hatte die mit den goldenen gewählt. Doch die meine war noch immer geladen.

Ich breitete den grünen Samtstreifen aus und begann mit der Arbeit. Draußen benachrichtigte gerade jemand die Polizei. Eine Waffe muß als erstes immer entladen werden. Das tat ich also und baute dann das Schloß aus. Jeder Waffennarr nimmt das Schloß heraus, um es sich anzuschauen. Man richtet dabei keinerlei Schaden an.

Es war exquisit gearbeitet. Meine Annahme, daß es zwei Mechanismen gäbe, erwies sich als ein Irrtum. Der normale Zündmechanismus war gar nicht betriebsfähig. Der Abzug aktivierte einen kleinen Luftbehälter, der ein Geschoß durch einen in umgekehrte Richtung weisenden versteckten Lauf in das Auge der Person jagte, die die Waffe hielt. Das Geschoß stieß die silberne Schloßplatte auf, die mit einem winzigen Scharnier versehen war und durch den Abzug entriegelt wurde. Höchst einfallsreich. Je besser man zielte, um so wahrscheinlicher war es, daß man das eigene Auge traf.

Aber um was für ein Geschoß handelte es sich dabei? Was hatte mit solcher Durchschlagskraft Lagranges Auge getroffen? Ich nahm die Einzelteile mit hinaus in die Diele, wo eine der ältlichen Hausangestellten schluchzend ins Telefon sprach.

»Entschuldigen Sie«, sagte ich höflich und nahm ihr den Hörer aus der Hand, damit sie sich etwas beruhigte. »Als der Reverend vor ein paar Minuten aus dem Arbeitszimmer kam – wohin ging er da?«

»In die Küche, er brauchte ein bißchen Eis«, antwortete sie mit roten Augen, und jetzt endlich wußte ich Bescheid.

Man fertigte mit der Kugelzange aus einem Eisstück ein Projektil und sorgte dafür, daß der Gegner die Pistole mit den Silberstiften bekam. Kein Wunder, daß die Gerichtsmediziner die Kugel nie gefunden hatten. Das Eis hatte Eric Fields Auge durchschlagen, war in sein Gehirn eingedrungen und durch die Körperwärme sofort geschmolzen, so wie die Eiskugel jetzt in Lagranges stummem Schädel schmolz.

Ich setzte mich an den Dielentisch und untersuchte die Waffe weiter. Wer hatte die Dreistigkeit und die Autorität besessen, den größten Büchsenmacher der Welt dazu zu bringen, dieses heimtükkische Pistolenpaar herzustellen? Duelle waren zwar verrückt, aber sie galten doch als Ehrenhändel … Irgend jemand hatte in den Clubs der Regency-Ära kühn und schneidig wirken wollen, ohne dabei ein echtes Risiko einzugehen. Ich setzte den Schraubenzieher an und bewegte ihn behutsam in die dem Druck der Feder entgegengesetzte Richtung. Und nun enthüllte sich mir das Geheimnis. Unter den gelösten Teilen kam eine eingravierte goldene Aufschrift zum Vorschein. *REX ME FECIT. Der König hat mich gemacht.*

Meine Augen wurden feucht. Ich stellte mir den Meister in seiner dunklen Werkstatt vor, wie er, nachdem alle seine Gesellen und Lehrjungen für die Nacht weggeschickt worden waren, auf königlichen Befehl hin die geniale Vorrichtung anfertigte. Doch er wollte einen Ausdruck seines Protests hinterlassen. Der unübertroffene Büchsenmacher hatte das Judas-Paar zwar hergestellt, und es wies auch alle Merkmale seiner vollendeten Kunstfertigkeit auf. Aber er benutzte sehr schlau die gebräuchliche lateinische Aufschrift, um der Nachwelt mitzuteilen, warum er es getan hatte: weil der König sein Auftraggeber und er somit dazu gezwungen worden war. Jener geistesgestörte kranke Mann, George III., oder der Prinzregent, Schürzenjäger und Spieler? Vermutlich der letztere.

Bevor die Polizei eintraf, ersetzte ich das Judas-Paar durch zwei guterhaltene Offizierspistolen des Londoner Büchsenmachers Joseph Heylin, die in einer umgebauten Besteckkassette untergebracht waren. Lagranges kleine Sammlung im Schrank des Frühstückszimmers war leicht zu finden, und er hatte den Schlüssel stekken lassen. Ich schaffte die Heylin-Waffen schnell aus dem Raum, verbrannte in der einen ein bißchen Schwarzpulver und lud die andere. Bei der allgemeinen Aufregung achtete niemand auf mich. Ich vertauschte die beiden Paare, ging unter dem Vorwand, nach der Polizei Ausschau halten zu wollen, hinaus und verstaute die Durs-Kassette unter der Motorhaube von Margarets Morris – sorgfältig eingepackt natürlich, und gut verkeilt.

Und wenn die Gerichtsmediziner die Kugel nicht finden konnten? Ich war mit einemmal unaussprechlich erschöpft. Sollten sie doch Vermutungen anstellen, bis sie es satt hatten – genau wie bei Eric Field und Sheila. Als die Polizei angebraust kam, war ich bereits wieder im Arbeitszimmer und rang in Gesellschaft der anderen die Hände. Ich war völlig aufgelöst.

Drei Wochen später fragte mich Margaret wieder einmal aus. Ich war gerade von George Field zurückgekommen.

»Was sagte er dazu, daß du die Judas-Pistolen gefunden hast?«

Margarets Ehemann war nicht erwähnt worden. Wir hatten uns einfach zusammengetan, gingen täglich in ihren Laden in der Arkade und schlugen uns gerade so durch. Natürlich war das Unvermeidliche geschehen, wie immer, wenn ein Mann und eine Frau in einer gemeinsamen Wohnung leben, doch das war ohnehin längst überfällig gewesen, und wir wußten es beide.

Problematisch war nur ihre typisch weibliche trickreiche Sucht, sich in alles einzumischen. Daß ich mich damit zufrieden gab, hin und wieder in meinen Garten zu gehen, und noch immer nicht begonnen hatte, den Schutt zu beseitigen, ließ ihr keine Ruhe. Sie hatte schon mehrmals Andeutungen gemacht und sich erkundigt, welche Pläne ich für den Wiederaufbau hätte, und so weiter. Man muß da sehr vorsichtig sein.

»Lovejoy!« klagte sie. »Du träumst ja wieder.«

»Oh. Er erklärte mir, daß er nichts mit ihnen zu tun haben möchte, und sprach von poetischer Gerechtigkeit.«

»Und dann?« drängte sie.

»Dann machte er die Tür zu.«

»Willst du sie nicht Muriel zurückgeben?« Manchmal glaube ich, Frauen haben überhaupt keinen Verstand.

»Natürlich«, sagte ich, wiewohl ich keinerlei poetische Gerechtigkeit in dieser Lösung erblicken konnte.

»Wann?«

»Na ja«, meinte ich nach einer langen, langen Pause. »Vielleicht später einmal.«

»Lovejoy!«

»Nein, hör zu, du siehst das falsch«, begann ich in dem angestrengten Bemühen, einen Ausweg zu finden. »Es ist wirklich eine Frage der Zeit, und meine Beweggründe sind völlig uneigennütziger Natur.«

»Lovejoy! Das ist glatter Diebstahl!«

»Wirklich, Schatz, du kannst mir glauben, ich würde sie auf der Stelle zurückbringen, aber …«

»Es gibt nicht die mindeste Entschuldigung für dich!« Wütend stieß sie mit dem Fuß gegen alle möglichen Gegenstände.

»Vielleicht nach einer gewissen Zeit ...« murmelte ich und fügte hinzu: »Ich denke dabei doch nur an Muriel ...«

Frauen haben keinen Takt, überhaupt keinen Takt. Ist Ihnen das noch nie aufgefallen?

Gash bedeutet: Absolut wertlos

Nachwort von Martin Compart

Als 1977 mit THE JUDAS PAIR (LOVEJOYS DUELL) der erste Lovejoy-Roman von Jonathan Gash in England veröffentlicht wurde, ahnten sicherlich die wenigsten Kritiker und Leser, daß hier eine der erfolgreichsten Serienfiguren der Pop-Kultur ihr Debut gab. Zwar konnte man sofort erkennen, welche Potenz der liebenswerte Mistkerl hat, aber würde der bisher unbekannte Autor Jonathan Gash auch das Stehvermögen haben, auf diesem hohen Niveau regelmäßig weitere Abenteuer vorzulegen? Zu unser aller Glück gelingt das Mr. Gash bis zum heutigen Tag (wobei nicht verschwiegen werden soll, daß auch die Lovejoy-Serie Höhen und Tiefen mit besseren und schlechteren Romanen durchläuft). Daß Lovejoys erstes Auftreten gleich den *John Creasey Award* der *Crime Writers Association* als bester Erstling des Jahres erhielt, war nur noch eine Formsache. In den nächsten Jahren erschienen in immer höheren Auflagen weitere Romane und machten aus dem Antiquitätenhändler einen der populärsten fiktionalen Helden der angelsächsischen Literatur. Vielleicht nicht in derselben Liga wie Sherlock Holmes, James Bond, Phil Marlowe, Tarzan oder Flashman – aber sein Ruhm wächst ja noch. Nachdem er die Länder des Commonwealth erobert hat, ist sein Siegeszug durch die USA, wo die TV-Serie äußerst erfolgreich im Kabel ausgestrahlt wird und die Romane jetzt im renommierten Verlag Mysterious Press erscheinen, kaum noch aufzuhalten. Bleibt mir nur zu hoffen, daß der alte Schwerenöter auch in Deutschland sein Publikum findet.

Lovejoy war eine neue Form des Antihelden, der einiges den *angry young men* der 50er Jahre verdankt. Ein Frauenheld, immer etwas schmuddlig, skrupellos und tierlieb. Ein Ich-Erzähler, der den Leser von der ersten Zeile an in den Bann schlägt und nicht mehr losläßt. Auch wenn die Plots des Autors Gash manchmal ziemlich schräg sind und gelegentlich auch schon mal weniger originell, man legt die Romane zufrieden aus der Hand. Denn letztlich liest man Lovejoys haarsträubende Abenteuer vor allem wegen des Tons und der Stimme des Ich-Erzählers, der einen mit Witz und Sarkasmus durch die Seiten jagt und dem es trotzdem gelingt, atemlose Thrillerspannung aufzubauen.

Jonathan Gash ist ein Pseudonym des britischen Autors John Grant (ein weiteres ist »Graham Gaunt«, unter dem er 1981 den Thriller THE INCOMER veröffentlichte). Er wurde am 30. September 1933 in Bolton, Lancashire geboren. Er studierte Medizin in London und absolvierte seinen Wehrdienst im Sanitätscorps, das er im Rang eines Majors verließ. Als Pathologe arbeitete er u.a. von 1962 bis 1965 in Hannover und Berlin. Anschließend führte ihn ein Lehrauftrag an die Universität von Hongkong. Er war von 1970 bis 1988 Mitglied der *Royal Society of Medicine* und ist seit 1988 privater Spezialist für Infektions- und Tropenkrankheiten. 1955 heiratete er Pamela Richard, mit der er drei Töchter hat, die ihn bisher zum vierfachen Großvater machten. Seinen ersten schriftstellerischen Erfolg feierte er am Theater: 1976 wurde in Chester, Cheshire sein Stück *Terminus* aufgeführt. Ein Jahr später betrat sein Held Lovejoy die Bühne in seinem ersten Roman: LOVEJOYS DUELL (THE JUDAS PAIR).

Nach seiner Rückkehr aus Hongkong hatte Gash mit dem ersten Lovejoy-Roman begonnen. »Ich dachte an eines dieser Phantome, die durch die Literatur und Kunstwelt geistern: Shakespeares verlorengegangenes Stück oder die verschwundenen Tagebücher von Dr. Johnson. Und ich dachte an diese Antiquitätenjäger-Legenden, den zufällig auf einem Dachboden entdeckten Rembrandt. Das Judas-Paar ist so ein Mythos. Man weiß, daß Durs zwölf Paare Duellpistolen angefertigt hat, aber kein dreizehntes.«

Gash wählte bewußt ein Pseudonym, da Ärzte damals keine Werbung für sich machen durften und auch die Veröffentlichung eines Buches als unerlaubter Wettbewerbsvorteil zu seinem Ausschluß aus der Ärztekammer hätte führen können. Der Slangausdruck »gash«, der unter den Antiquitätenhändlern des Eastends viel benutzt wurde, entsprang ursprünglich der Roma-Sprache des 18. Jahrhunderts und bedeutet soviel wie »absolut wertlos«.

Gashs Interesse für Antiquitäten entwickelte sich in jungen Jahren. Als Medizinstudent arbeitete er für einen Antiquitätenhändler in der Cutler Street, um sein Studium zu finanzieren. Hier traf er viele der merkwürdigen Typen, die später verschlüsselt als Charaktere in den Romanen wieder auftauchten. »In den 50er Jahren war das Business in den Händen einiger wirklich harter Jungs. Ich nenne keine Namen, aber einige sind heute noch bekannt und berüchtigt. Wenn man für die arbeitete, mußte man schnell lernen und durfte keinen Fehler machen. Sonst bekam man Ärger, schlimmen, lebensgefährlichen Ärger.« Einige der brutalsten Szenen in den Büchern sind nicht der Phantasie des Autors entsprungen, sondern der Realität entlehnt. Er begann sich auch dafür zu interessieren, wie Kunstwerke hergestellt werden, welche handwerklichen Voraussetzungen nötig sind. Er nahm Malunterricht bei Tom Keating, und er entwickelte ein Talent zum Aufspüren von Antiquitäten. Sein Doppelleben faszinierte ihn: »In der Medizin muß man einfach stur gewisse Dinge lernen. Weiß ist weiß und schwarz ist schwarz. Es gibt Gesetze, auf die man sich verlassen kann. Im

Antiquitätengeschäft gilt das nur teilweise. Vieles hat mit Instinkt zu tun. Es gibt Leute, die brauchen einen Gegenstand nur anzusehen und wissen, ob er echt ist. Die machen keine Untersuchungen oder Spektralanalysen. Die wahren Könige der Szene. Ich wurde oft mit einem Stück zu so einem Kerl namens Divvie geschickt. Manchmal sah er nur kurz aus den Augenwinkeln hin und schüttelte den Kopf. Das war's dann. Er faßte es nichtmal an. Bis zu einem gewissen Grad verfüge ich ebenfalls über diese Fähigkeit. Aber sie läßt mit dem Alter nach.«

Jonathan Gash nimmt seine Lovejoy-Romane nicht besonders ernst. Das heißt nicht, daß er sich nicht sehr viel Mühe mit ihnen gibt. Aber das zunehmende Interesse von Akademikern an der Figur verwundert ihn. »Es ist reine Unterhaltung. Aber heutzutage kann man ja schon eine Doktorarbeit schreiben, wenn man herausfindet, wo G. K. Chesterton seinen Tabak gekauft hat.« Da frönt ein großartiger englischer Autor dem typisch britischen *understatement*. Schließlich verlangt es einem Schriftsteller ein hohes Maß an Können ab, sich in eine Figur wie Lovejoy konsequent über Hunderte von Seiten zu versetzen und die Welt durch seine Augen zu betrachten, den oft kunstvollen Handlungsaufbau gar nicht berücksichtigt. Gash erreicht, was nur den wirklich großen Autoren des Genres gelingt: eine völlig individuelle, unverwechselbare Figur erzählen zu lassen, die in ihrem Kosmos absolut glaubwürdig ist. Ohne Titel und Autor zu kennen, wüßte der Gash-Leser nach wenigen Sätzen, daß er einen Lovejoy-Roman vor sich hätte.

Gash ist ein instinktiver Schriftsteller: »Ich plane nichts, mache keine Outline. Ich setze mich vor ein leeres Blatt Papier und weiß nicht, was dabei rauskommt«, untertreibt er. »Erst beim Schreiben überlege ich, was als nächstes passieren wird.« Er schreibt seine Bücher mit dem Füllfederhalter. Dann korrigiert er das Manuskript zuerst mit roter Tinte und bei einem zweiten Durchgang mit grüner. »Am Ende sieht es aus wie der Plan der Londoner U-Bahn.« Anschließend geht das Manuskript zum Abtippen. »Für meine medizinische Arbeit benutze ich einen Computer, aber einen Roman könnte ich nie darauf schreiben.«

In seiner spärlichen Freizeit ist er ein leidenschaftlicher Leser, der sich für alles interessiert. Auch Kriminalliteratur liest er gerne, nur keine *police procedural* mehr. »Wahrscheinlich habe ich zu lange als Pathologe gearbeitet. Ich kann diese harten Sachen von Wambaugh und seinen Epigonen nicht mehr lesen. Ich liebe William Goldman und Elmore Leonard, und ich mag Colin Dexter und Ruth Rendell. Ich mag Trevanian sehr und Adam Halls Quiller-Romane. Und ich bewundere Mario Puzo, Morris West und James Hadley Chase. Mein absoluter Favorit, auch in literarischer Hinsicht, ist der leider völlig in Vergessenheit geratene P. M. Hubbard. Er schrieb nur sechzehn Thriller. Aber die gehören zum Allerbesten. In keinem ein überflüssiges Wort. Wer lernen will, wie man einen erstklassigen Thriller schreibt, sollte Hubbard studieren.« Der Schotte Philip Maitland Hubbard (1910–1980) konnte ähnlich schweißtreibende Menschenjagden erzählen wie Gash.

Der Bestsellererfolg in der englischsprachigen Welt führte 1987 zu einer langlebigen Fernsehserie der BBC, in der Ian McShane bis 1994 in 90 Folgen einen gesofteten Lovejoy spielte. Selbst bei den Wiederholungen lockt die Serie in Großbritannien vierzehn Millionen Zuschauer an und ist damit eine der erfolgreichsten englischen TV-Serien. Es sagt viel über die deutsche Fernsehlandschaft mit ihren andauernden Wiederholungen der immer gleichen Serien aus, daß kein Sender diesen potentiellen Hit auf deutsche Bildschirme gebracht hat. »Anfangs hat mir das nicht gefallen. Sie haben einiges verändert, aber das Fernsehen gehorcht anderen dramaturgischen Prinzipien. Außerdem sind sie erfolgreich. Man muß sich damit abfinden, daß eine TV-Adaption eben eine Interpretation der Bücher ist. McShane ist nicht schlecht. Der Charakter von Lovejoy ist da, auch wenn es eine harmlosere TV-Version ist.« Gerade der Erfolg in den USA führte dazu, daß Lovejoys Charakter in der TV-Serie immer mehr verwässert wurde. Während er in den Büchern immer am Rande des völligen Bankrotts agiert, war der Volvo-Fahrer der Fernsehserie nie ohne Strom und Gas und nahm als anerkannter Weinkenner an den Polospielen der Windsor Castle-Elite teil. »Ich mag die Serie, weil sie das wunderschöne ländliche England zeigt. Ich mochte sie aus mehreren Gründen, aber keiner davon hat etwas mit den Originalgeschichten zu tun. Die Produzenten haben mich x-mal gebeten, Drehbücher zu schreiben. Aber das ist eine Horrorvorstellung. Damit will ich nichts zu tun haben.«

Merkwürdigerweise sind die meisten Fans des nicht gerade angenehmen Weiberhelden Lovejoy Frauen (oder vielleicht ist das auch alles andere als merkwürdig). Gashs Verlag hatte vor einigen Jahren eine Untersuchung gemacht. Demnach werden seine Bücher zu 63% von Frauen und zu 37% von Männern gekauft. »Ich dachte schon, ich bin ein Autor für Frauen. In der Woche nach der Veröffentlichung eines neuen Romans bekomme ich ungefähr fünfzig Briefe; sie sind immer von Frauen. Ich glaube, Frauen kriegen genau mit, daß Lovejoy kein dumpfer Macho ist, sondern ein großer Junge. Wie die meisten Kerle tief in ihrem Inneren. Frauen durchschauen uns: Sie wissen, wann wir bluffen und den starken Mann markieren. Immer wieder fragt man mich in Interviews nach

Lovejoys Chauvinismus. Es ist ein beharrliches Mißverständnis, das offensichtlich nicht auszurotten ist. Er ist kein Chauvi, er ist das ganze Gegenteil davon. Und es sind immer Männer, die damit anfangen.«

Seit einigen Jahren schreibt Gash auch historische Romane und eine neue Thriller-Serie um die Protagonistin Dr. Clare Burtonall, die ebenfalls bei DUMONT NOIR erscheinen soll.

Die bisherigen Lovejoy-Romane:

1. LOVEJOYS DUELL (THE JUDAS PAIR), 1977
2. LOVEJOYS GOLD (GOLD FROM GEMINI), 1978
3. LOVEJOYS GRAL (THE GRAIL TREE), 1979
4. SPEND GAME, 1980
5. THE VATICAN RIP, 1981
6. FIREFLY GADROON, 1982
7. THE SLEEPERS OF EDEN, 1983
8. THE GONDOLA SCAM, 1983
9. PEARLHANGER, 1985
10. THE TARTAN RINGERS, 1986
11. MOONSPENDER, 1986
12. JADE WOMAN, 1988
13. THE VERY LAST GAMBADO, 1989
14. THE GREAT CALIFORNIA GAME, 1990
15. THE LIES OF FAIR LADIES, 1992
16. PAID AND LOVIN EYES, 1993
17. THE SIN WITHIN HER SMILE, 1993
18. THE GRACE IN OLDER WOMAN, 1995
19. POSSESSIONS OF A LADY, 1996
20. THE RICH AND THE PROFANE, 1997

DUMONT NOIR

»Harte Zeiten brauchen harte Bücher«

NOIR 1 **Derek Raymond** Die verdeckten Dateien

NOIR 2 **Russell James** Underground

NOIR 3 **Jonathan Gash** Lovejoys Duell

NOIR 4 **Harry Whittington** Im Netz

NOIR 5 **Ulf Miehe** Puma

NOIR 6 **George P. Pelecanos** Das große Umlegen

NOIR 7 **James Sallis** Deine Augen hat der Tod
(erscheint Mai 1999)

NOIR 8 **Jonathan Gash** Lovejoys Gold
(erscheint Mai 1999)

NOIR 9 **Russell James** Payback
(erscheint Juli 1999)

NOIR 10 **J. Robert Janes** Salamander
(erscheint Juli 1999)

NOIR 11 **James Sallis** Die langbeinige Fliege
(erscheint September 1999)

NOIR 12 **Harry Whittington** Du bist als nächster dran!
(erscheint September 1999)